美少年蜥蜴　【影編】

西尾維新

JN167345

講談社
タイガ

瞳《どう》島《じま》眉《まゆ》美《み》
袋《ふくろ》井《い》満《みちる》
指《ゆび》輪《わ》創《そう》作《さく》

Illustration キナコ　Design Veia

美少年蜥蜴　【影編】

美少年探偵団団則

1、美しくあること
2、少年であること
3、探偵であること

25　敗北ギャンブラー

「どんなギャンブラーも最後は負けて終わる——どうしてだかわかりますか？　眉美《まゆみ》さん」

現代のパノラマ島、滋賀県琵琶湖《しがびわこ》に作られた人工島である野良間島《のらまじま》に、正規の手続きを踏まず、つまり秘密裏に入島するための、いわば反旗の手続きとして、犯罪集団『トゥエンティーズ』への渡りをつけてもらうため、単身で髪飾《かみかざり》中学校を訪ねた際、我らがライバル校の生徒会長でありチンピラ別嬪隊《べっぴんたい》のリーダーでもある札付きの遊び人、札槻嘘《ふだつきライ》くんは、わたしにそう質問してきた——わたしは問いかけを繰り返されるタイプのコミュニケーションを苦手としているし、もっと言えば嫌悪さえしているが（『千二百。これが何の数字だかわかりますか？』みたいなあれ。『質問する側』『質問される側』という格差が設けられることが受け入れがたい——試されているようで気分が悪い）、なにせ無茶な、どころか非合法な頼みごとをしている立場上、そうかたくなに拒絶する振る舞いをするのは、なかなか難しかった。

難しいことはしたくない。

まして、いくら他校に侵入するためとは言っても、バニーガールの扮装《ふんそう》をしている時点で、マウンティングは完了しているようなものである——瞳島《どうじま》眉美が、男装の次にしている格好が、バニーガールなのだった。

マウンテンバニー。

えっと、それで何を訊《き》かれたっけ？

どうして、どんなギャンブラーも最後は負けて終わるのか、だっけ？

「わからないわ。ギャンブルに手を出す時点で、救いようもなく愚かで、既に負けているようなものだからかしら？　最後には負けるんじゃなくて、最初から負けているのかしら？」

「わからない割に辛辣《しんらつ》ですね」

「そんな人達を食い物にしていた賭場《とば》の支配人ほど、辛辣じゃないわよ。悪辣でもないわ。て言うか、問題の出しかたがずるくない？　『最後は負けて終わる』の部分の証明が、なされていないじゃない。勝って終わるギャンブラーも、相当数いるんじゃないの？」

不確かな事実を前提に含ませることで、不明や混迷に導こうとされているような気がする――『1足す1が3になるのは、どうしてだと思う？』と訊かれているようなものだ。マウンティングは受け入れるとしても、それなりの手順は踏んでもらわないと、納得がいかない。

騙《だま》すなら丁寧に、もっと言えば知的に騙して欲しい。

鴨にされるのは仕方ないとして、馬鹿にされるのは御免こうむる――格好は兎でも。

「もちろん、そんな例外もいないわけではないでしょうが、少なくとも僕はお目にかかったことがありませんね。僕が支配していた『リーズナブル・ダウト』は、これ以上なくエシカルを尽くした、クリーンで健全なカジノでしたけれども、それでもトータルでは、みんな負けて帰られましたよ」

「……うーん」

まあ、みんながトータルで負けるからこそ、カジノ産業が栄えるわけだし、宝くじも成り立つ……、『夢を買っている』とはよく言ったものである。正しくは、『現実に勝てず、夢を買っている』なのだろうけれど……、控除率とかを考慮すれば、勝ち続けることができないのはわかる。

確率的に、いつかは負ける。統計的に……。

胴元は勝ち続けると、言えなくはないが……。

それとも、負ける前にやめることが難しいという話なのかな？　最後までいかず、適当に勝ったところでやめる……、それができれば。それさえできれば。

「でもそういうのって野球部がトーナメントで、準決勝まで進んだけれど、決勝戦は辞退しますって言うようなものなのかしら？　負けたくないから戦わないって言うのも、負け犬の思考だもんね。勝ち逃げは、逃げている時点で負けているようなものだわ」

「敗者に厳しいですね、眉美さんは」

かもしれない。

わたし自身が負け犬的思考の持ち主なので、ところどころで自虐要素が入ってしまうのかな……、でも、そんな自虐に巻き込まれるほうも迷惑だろう。

お前と一緒にするなという声が聞こえる。

かと言って、わたしに傷を舐《な》められたくもないだろう。

「しかしながら、さすが眉美さんと言わせていただきましょう。その発想だけなら悪くないですよ」

性格は悪いと言わんばかりじゃありませんこと？

人を見る目があったら、こんなところには来ませんよ。

「まさしくトーナメントのように、勝った者は、勝ち続けねばならないからです——負けた者は終われますが、勝った者は終われない」

「終われない」

「追われることになりますからね、勝者は。現実的な解釈も加えておけば、負けるということは失うということであって、種銭がなければ、再戦もできない——勝って再挑戦はできても、負けて再挑戦はできない仕組みなのです」

嫌な仕組みだなあ。敗者に厳しいのはシステムじゃないか。

つまりギャンブラーは、負けて終わるのではなく、負けたら終わるしかなくなるという意味なわけだ……、負ければ負けるほど選択肢が狭まるというのは、わたしのような人間にとっては、実感を伴ってよくわかる話である。

これから無謀な戦いに挑もうとしている今ならば、特に。

ジリ貧って奴だ。

「ひょっとして札槻くんってば、止めてくれてるの？　わたしのことを。胎教委員会との最後の戦いに挑もうとしている、わたしのことを——負ける前に、やめておけって？　勝ち逃げでもなく、ただ逃げろと？」

「まさか。そもそも戦ってくれとお願いしたのは僕のほうですからね。敗退……、退廃させられた我が校の仇《かたき》を討ってくれと頼んだのは」

それは頼まれてなくても、同じ展開になっていたとは思うけれど……。

仇討ちって柄じゃないし。

「しかしまあ、その時点と比べて、思いも寄らぬ状況になってしまったことは確かです。あまりに僕は読み切れていなかった……、ある意味僕も、敗北ギャンブラーのひとりです」

現状、何も支配できていない——と、札槻くん。

自虐はわたしの専売特許なのだが。そんなものを専売したくもないが。

胴元も、必ずしも勝ち続けられるわけではない、か。

「なので、止めない以上に、止められません。死地に赴く眉美さんを」

「し、死地なの？」

だったら止めて？　なりふり構わず止めて？

理屈も筋もうっちゃって。

美少年探偵団の仲間のために、何でもするつもりのわたしだけれど、死のうとまでは思ってないわよ？

「せめて湿地くらいにして？　野良間島は人工島だし、きっと地盤は弱いはず」

「取り戻すことが目的という意味では、失地と言っても間違いではないかもしれません。ただ、負けを取り戻そうとする行為が、賭博《とばく》においてはもっとも際立ったタブーであることも確かでしょう――損切りは大切です。ただまあ、僕に言わせれば、勝ち負けがはっきり見えるギャンブルなんてのはまだしも良心的ですよ。現代社会は、普通に生きているだけでも、借金を抱《かか》えずにはいられない構造なのですから」

負けても負けたと気付けない構造です。

非合法のカジノを主催した中学生らしい意見である――が、それだけにあながち的外れでもない。死地に、あるいは失地に赴こうとしているわたしは極端だとしても、誰しも人生のどこかで、不利な勝負を強《し》いられることにはなる――どんな金持ちも、成功者も、わけのわからん理由で窮地に陥《おちい》ったりはするのだ。

そこは平等だ。

そこだけは。

豊かであることは、同時に、没落するリスクでもある――そういう位置エネルギーのことまで含めて、『人生はプラスマイナスゼロ』なのかもしれない。地を這《は》う者としては、やはりいまいち得心しかねるバランスではあるが……、『お前の人生はゼロだ』と言われていい気分なわけもないが……、まあ、人生、どこかで勝負をしなければならないのだとすれば、わたしの場合、今、ここなのだとは思う。

今、ここ。

これがわたしの人生で、最大最後の勝負になるということではなくて……、ここで勝ったら、どうせまたいずれ不利な勝負を強いられる構造なのだろうが……、それでも、ここで勝負をしないような奴《やつ》は、今後、どこでも勝負をすることはないだろうという読みである。

「ええ。ですから制止はしませんとも。それがどれだけ正視に耐えかねる勝負でも――失礼。不謹慎でしたかね」

「いえ、別に。どうぞお気遣《きづか》いなく」

「しかしながら、僕はこう思うわけですよ。どんなギャンブラーも、最後は負けて終わる――絶頂期に終わるなんてのは幻想で、たとえどれだけ輝くスターでも、究極的には負けなければ終われないのだとしても」

だからこそ、有終の美を飾って欲しいと、そう期待してしまうんですよね――と、我らがライバルは、そう激励してくれたのだった。

さながら、餞別《せんべつ》のように。

有終の美。終わりがあるからこその美しさ。

26　確認

当然、いろいろ想像はしていた。わたしも。

目が見えなくなるというのが、どういうことなのか――少なくともある時点からは、わたしが将来的に視界を完璧に喪失することは、『よ過ぎる視力』を武器にしてきた（強力な武器というより、便利な道具扱いだった）『美観のマユミ』にとって、決定事項でしかなかった。

わかりきっていて、見え見えだった。

『ギャンブラーは最後には必ず負ける』という前提以上の前提だった――『瞳島眉美は最後には必ず失明する』。

だから、いろいろ想像はしていた。色彩豊かにイメージしていた。

けれど現実は想像を超えてくる……、『人間が想像することはすべて現実でも起こりうる』と言うけれど、現実に起こることが、すべて人間に想像しうるとは限らないのだ。特に想像力が貧困な場合は。

貧困層とか、誰かさんによく言われたものだけれど、まさかわたしが想像力の貧困層だったとは。

この場合、富裕層が決して恵まれているとは限るまいが……。

言いかたを変えれば、わたしは四方八方を暗闇《くらやみ》に包まれるということを、想像はしていても、覚悟はできていなかったのだろう……、夜、寝るときに目をつぶるのとはわけが違う。

第一、痛いというのが一番の想定外だった。

見える見えない以前に、痛い——ずきずきする。常に眼球が、頭の中で破裂し続けているような感覚がある……、脳の間近が激戦区だ。これまでの冒険譚《たん》の中、数々のアクションを実践してきたわたしでも、そんな経験はさすがにないけれど、たとえるなら、眼孔の中に爆竹を仕掛けられている気分だ。

目玉じゃなくて癇癪玉《かんしゃくだま》を眼窩《がんか》に嵌め込んでいるよう。

断続的な苦痛が、頭の中に響いている。

推測するに、どうも瞬きのタイミングで痛みが増しているようだ……、眼球のほうが既に課せられた役割を果たしていないのに、まぶたは活動を続けているというのは人体の不可思議と言えそうだけれど、それはともかくとにかく痛い。

傷口を撫《な》で続けているようなものか。

承知の上での無茶のつもりだったけれど、しかしここに関しては見込みが甘かったと認めるしかない……、視力の喪失は、喪失である以上、その後に生じるのはぽっかりとした空洞のような虚無だとばかり思っていた……、むなしさだけが、わたしの中に立ち込めるのだと、都合よくそんなことを考えていた――まさか耐えがたい痛みとは。

やっちまったぜ。

現状破裂し続ける爆竹に例えたのは、火傷《やけど》の症状に似ているという点でも適切だった。眼孔のみならず、脳の奥深くにまで炎症が広がっていくような感覚があって、まともな思考ができなくなっているのが自覚できる――そもそもまともな思考の持ち主であれば、自ら視力を放棄するような判断はしなかったんじゃないかという突っ込みはさておくとしても。

熱血スポーツドラマとかで、足首の不調を押して試合に出場するサッカー選手を、何の疑問もなく応援してきたわたしではあるし、なんなら感動さえしていたし、彼の試合への熱意を妨げようとする大人達を、なんて無粋《ぶすい》なのだろうと不快視したものだけれど、しかし結果として彼がその後の人生で引きずることになる後遺症のことまで、思いが至っていたとは言いがたい――まして、ただサッカーができなくなるだけではなく、ずっと、つまり一生、激痛に取り憑《つ》かれる可能性なんて。

わたしはなんて行為を応援してしまっていたんだ。

なので、こんなコンプライアンス的な日和った意見、『個人の感想です』めいた保守的な注意事項を、わたしも冒頭から言いたくはないんだけれども、もしも上巻のラストのわたしの愚行を、ほんのちょっとでも格好いいと感じたかたがいらっしゃるようであれば、その個人の感想は、信じられないくらいの錯覚であると、強く明記しておこう。

あれは他にも方法はあったのに、手っ取り早さを選んでしまったお調子者の末路でしかない。

怒られるのは嫌だが、誉められるよりマシだ。

なので、痛みは罰として受け入れよう。

それでも唯一、できる言い訳があるとするならば、どうしたっていつかは失うものを、はっきりとした自分の意志で失えたことは、わたしの今後にとって、プラスになるかもしれないという程度である――もしもこんな信じられないような痛みを、運命とか、宿命とかで課されていたのであれば、わたしの性格は、美少年探偵団への入団以前よりも暗くなっていたに違いない。

それに――成果はあったのだ。正解ではないが、成果はあった。

そのことだけは喜ばしい。

自己犠牲の精神なんてこれっぽっちも持ち合わせていない瞳島眉美ではあるけれども、消滅寸前の灯火のような己の視力の、最後の燃焼と引き換えに、行方不明だったメンバー五名を発見しえたのであれば、それはとても正当なディールなのだと腑《ふ》に落ちる。落とせる。

わたしの両目が最後に目視したものが、五人の美少年だなんて、考えようによっちゃあ、なんとも痛快じゃないか——デュアルな痛み以上に痛快だ。

そんなことを。

わたしは野良間島にそびえたつ五重塔《ごじゅうのとう》学園の、保健室のベッドの上で考えた——考えながら目覚めた。

目覚めたという表現も、見様によってはちょっと撞着《どうちゃく》してしまっているかもしれないけれど（見様によってはという表現も、見様によってはそうかもしれないけれど）、これまで『美観のマユミ』のキャラ作りで、視力にまつわる慣用句を多用してきた身の上としては、失明したからと言っていきなりぐるりと方針転換もできないので、そこはなにとぞ看過していただきたい。

お目零しを。

なるほどそこは承諾するとしても、視力を失ったはずの語り部《かたべ》が、起床してすぐさま自分のいる場所を保健室だとか特定できるのはおかしいだろう、前々から思っていたけれどお前は適当なことを言い過ぎだいい加減にするのはいい加減にしろという声が聞こえてきたが、前々からそんなことを思われていたことにショックを隠しきれない——今に始まったことではなかったとは。

確かに、わたしの記憶は例の屋上で途絶えている——たぶん、あまりの痛みに耐えかねて、あのあと、失神してしまったのだと予想できる。神を失うくらいの痛みだった、あれは。

でも、視力なんてなくっとも、木造校舎の屋上の床と、スプリングの効いた柔らかなベッドのマットレスの区別くらいはつくし、ここが医療施設であることは、漂う薬品の匂《にお》いで判別できる——自分の顔面、アイラインの部分に施されたガーゼや包帯の感触も、その推測の背中を押してくれる。

まあ厳密には保健室は医療施設ではないのだろうけれど、しかし薬品の匂いに強く混じった樹木系のフレグランスは、わたしが今いる部屋の造りが、どうやら木製であることを示している——それも、香りの強さからしてごく新築……、今時、木造で新築された建物なんて、ノスタルジィの詰まった五重塔学園をおいて、わたしは他には知らない。

よって、ここが『五重塔学園の保健室』であることは確定的だし、つまり屋上で無様《ぶざま》に気絶したわたしがそこに運び込まれ、応急処置的な治療を受けたことは推論するにかたくないのだけれど……、それがわかっても、まだまだ状況が読めないな。

そもそも今何時だ？

わたしはどれくらい気絶していた？　どれくらい死んでた？

今更ながら、両目の痛みが、ややマシになっているのを感じる……、消えたわけではないが、幾分鈍《にぶ》くなったような……、包帯とガーゼでまぶたを、閉じた状態で固定することで、まばたきによる痛みを防いでいるようだけれど、それでは、生理的な眼球運動で生じる擦れまでは防げないはず……、うーん、ひょっとして、部分麻酔？

そう考察すると、確かに眼球とは違う場所……、固定されているまぶたの裏側あたりに、かすかな違和感がある――本来それも、麻酔で眠っているはずの感覚なのだろうが、わたしの鋭敏になり過ぎた痛覚を、投薬では完全には消し切れてはいないのかもしれない。

そして、その鋭敏になり過ぎた痛覚は、違和感の他にも、左側からの日光を感じていた――もうちょっと正確に言うと、身体《からだ》の左半身が、右半身よりも熱を持っているのを感じていた。

光は感じられないが、熱は感じられる。

だから、火あぶりにされているのでなければ……。

美少年を求めて校舎内を徘徊《はいかい》していたときに、わたしは抜け目なく保健室も覗《のぞ》いているのだ……、確か大きな窓の左側に、ベッドは配置されていた。カーテンが開けられているのだと仮定すれば、今は夜間ではなく……、保健室そのものの位置も加味すると、左側の窓から入る日差しは、西日ではなく東からの日光のはずである。

つまり、今は午前中？

ああ……、じゃあわたしは、あれからまる一晩、気絶し続けていたというのか？　どんなねぼすけさんだよ——あのシチュエーションじゃあ一安心してしまうのは仕方ないにしても、まだぜんぜん、状況は終了していないというのに。

途中も途中、中途と言いたいくらいの途中だ。

胎教委員会との戦いは、これからだという場面だったじゃないか——そんな中で一晩も眠りこけて、わたしはいったい何をやっているんだ。こんな愚か者は見たことがない、失明する前に見ておくべきだった。

慌ててベッドから降りようとしたところで、わたしは自分が、浴衣《ゆかた》みたいな服を着ていることに気付く——気付く、と言うか、理解する。

見えはしないけれど、着心地が明らかに浴衣だ……、いや、待てよ、もしかして患者衣か？　これまで何回か、検査入院をした際に着用した、そんな用途のリラックスできる衣服に、この浴衣は似ているような……、失神したとき、わたしは五重塔学園の学ランを着ていたはずだけれど……、そもそもここが本当に保健室なら、ガーゼや包帯はともかくとして、さすがに患者衣までは常備していないのでは？

もしやわたしの推測は的外れだったかとにわかに不安にかられたとき、ちりん、と鈴の音のような音がしたかと思うとおもむろに、日光とは反対の右側から、

「まゆ」

と、そんな声がした。

27　雄弁な芸術家

「まだ動かないほうがいい。どうやら熱は下がったようだが、それでも専門家による精密検査をおこなうまでは、なんとも言えない。何も保証できないのが現状だ。養護教諭のアドバイスも得ながら、この保健室にあるあり合わせの医療器具で、できる限りのことはしたつもりだが、それでも、とても万全とは言いがたい——疲れもあったのだろう、栄養失調の症状も出ていた。俺が知っている頃より体重も二、三キロ減少していたし、胴回りも

四パーセント減少していた——これはモデルとして自己管理ができていない証拠なので猛省してほしい。ただしその両目に限って言えば、俺もリーダー同様に、感謝と尊敬しかない。改めて礼を言わせて欲しい、まゆ。ありがとう」

「…………」

めっちゃ喋《しゃべ》ってる。

めっちゃ喋ってるが、しかしこの世に、わたしのことを『まゆ』と呼ぶ無礼者は、ひとりしかいない——美少年探偵団の美術班こと、天才児くんこと、指輪《ゆびわ》財団の跡取りこと、指輪創作《そうさく》くんである。

他にも、いろんな観点から、唯一の男の子だ。

スーパー寡黙な後輩の一年生で、わたしもこれまで、数えるほどしかその謦咳《けいがい》に接したことはなかったのだけれど……、ほんのちょっと会わないうちに、多弁派になったのだろうか？

どんなキャラ変だ。ただの変だぜ。

「あ、あの、天才児くん……」

「喋るな。まず水を飲んでもらおう。室内の温度に問題はないか？　暑かったり寒かったりしたら、隠さずに申し立てるんだ」

喋る喋る喋る。

しかも喋らせてみると、この野郎、かなり上からだ……、後輩の癖《くせ》に、とは言うまい。本来、この芸術家肌の一年生は、わたしが影も踏めないほどの、上流階級の出自である――これまでの交流の、ぽつりぽつりとなされた発言だって、決して慎《つつ》ましやかではなかった。

その意味じゃあ、同級生の不良くんの乱暴な口の利きかたよりも、よっぽど大上段な物言いである――だが、物言いの是非はさておき、天才児くんがやけに甲斐甲斐《かいがい》しい……、わたしの自己管理の疎《おろそ》かさ（愚かさ）について、あれこれ言うのはいつものことだとしても（言っておくが、わたしががりがりに痩《や》せたのは、不良くんの美食から離れていた期間が予想よりも長かったせいだ）、室温にまで気を配ってくれるとは……、真冬の美術室でわたしにヌードモデルを強要した画家の発言とは思えない。

どうして急に到れり尽せりに？

「ほら。水だ。正確には生理食塩水だ。紙ストローが挿してあるから咥《くわ》えろ、まゆ」

ストローの種類まで教えてくれるとは、ご親切に……、咥えたときに唇に変な感じを抱かせまいとする気遣いですかな？　変な感じは、キャラ変にこそ抱いているのだが……。

結局ベッドから降りないままに、わたしが声のする方向へ右手を伸ばそうとすると、

「受け取らなくていい。麻酔でわかりにくいだろうが、まゆの右手には点滴の針が刺さっている——口元まで運ぶのは俺の左手だ」

おやおや、たぐいまれなる芸術家の左手にそこまでしてもらえるなんて、恐れ多い——って言うか、点滴？

点滴だとう？

言われてみれば、確かに痛みはないけれど、右手の甲のあたりにほのかな引っ張られ感が……、さっき、右半身のほうに熱を感じなかったのは、日差しの方向性だけでなく、腕にダイレクトな部分麻酔が効いていたからというのもあったのか？

差し出された紙ストローをくわえ、言われた通りに生食をごくごく飲みながら、わたしは考える——点滴って……、えーっと、栄養素を摂取させるための手段だよね？　医療機関ではない学校の保健室に、そこまでの設備が、という問題がまずあるけれど……、ただ、それ以上に……。

「不安に思っているだろうから解説しよう、まゆ。もちろん保健室に点滴なんてなかったから、ありあわせの材料を使って、俺が自作した。針もチューブも、その辺の工具を使った」

工具を使うな。

そのレベルのあり合わせだったとは……、美術室の備品を修理する感覚で、わたしの治療をおこなったとは、なんて美術班だ。

不安はむしろ喚起されたぞ。

美少年探偵団に欠けているのはつくづく医療班だと、自分のことを棚に上げて痛感する──目の痛みと共に。

なるほど、だとするとこの着心地のいい患者衣も、天才児くんの作品と言うわけか……、この分じゃあ、麻酔薬として何を使われたのかは、訊かないほうがよさそうだ……、精神衛生という、せめてもの衛生上、絵を描くときにアルコールとか使うよなあとか、いらぬ連想をしないために。

「公平に言っておくと、点滴の中身を作製したのは俺じゃない。ミチルだ」

「ミチル？　誰それ」

「まゆが言うところの不良くんだ」

「はいはいはい。知ってた知ってた」

はいはいはいはいはい、『美食のミチル』ね……、点滴の中身なんて、なんとも未来の美食という感じではあるけれど、医療班のいない美少年探偵団としては、彼が担当するしかないパートかもしれない。

素人の医療で生き延びている……。

戦場での治療って感じだ。野戦病院……、戦いの最中であることは否定しないけれども。

「でも、さすがに点滴は大袈裟《おおげさ》じゃない？　天才児くんさあ。ほんの一晩、昏睡《こんすい》していたくらいで……」

「昏睡なら、ほんの一晩でも心配に値するのだが、まゆ、それ以前にお前が寝ていたのは一夜ではない」

「なんだとう？」

「三日三晩だ」

みっかみばん。となな？

詳しい日付を聞いてみると、現在が午前中だというわたしの読み自体は当たっていたようだけれど、だとすると、栄養素の点滴は必須《ひっす》である……、ボディサイズの減少は、三日間の絶食も影響しているのでは？

確かにわたしは徳という意味では仙人クラスかもしれないけれど、霞《かすみ》を喰《く》っては生きていけない。

しかし屋上での行為が、我が肉体にそこまでの甚大なダメージを与えていたとは……、あれは大袈裟でなく、命にかかわる行為だったのかもしれない。目にとどまらず、全身に悪影響を及ぼす透視だった——透死だった。

死が透けていた。

そう思うと、さすがにぞっとする。ぞわっともする。

結果として五人を見つけることができたからいいようなものの……、結果の結果として、とんでもない迷惑をかけてしまっているじゃないか。これじゃあ迷惑をかけるために発見したようなものである。

「心配をかけてはいるが、迷惑をかけてはいない……、迷惑だなんてこれっぽちも思っちゃいない。俺はリーダーと違って口下手だし、表現者ゆえに率直な表現はできないから、たぶんうまく伝わっていないだろうが、まゆ、お前には本当に、感謝してもしきれない、尊敬してもし尽くせないと思っている」

「あー、いや、さすがに伝わってるよ。ここまでお世話をしてもらって……」

「眠るまゆの全身をタオルで拭《ふ》いたり、排泄《はいせつ》の処理をしたりするのも、喜びでしかなかった」

「デリカシー！」

喜びでしかなかったとか、なまじ彼の整った顔立ちを覚えているだけに、変態性がすごい。

マジでやばい子みたいだ。

まだしも生足くんのように、男の子らしい欲望をむき出しにしてくれているほうが、中学一年生として可愛《かわい》げがある……、ところで、それはさておき三日もの期間が経過してしまったのであれば、その間、生足くんや不良くん、それにリーダーや先輩くんはどうしていたのだろう？

その中には仲間の変態性について論じるなら、外せない人物もいるのだが、まさかわたしが眠っている間に、すべての戦いは決着してしまったパターンだろうか……、だとしたら、語り部失格にもほどがある。

適当なことさえ言えていない。いい加減にしたくとも。

「そもそも、三日も眠り続けていたなら、さすがに病院に入院したほうがよくなかった？ありあわせの応急措置には、わたしも感謝と尊敬しかないし、注文をつけるつもりはないんだけれど、でも念のためにいつだったか、わたしのかかりつけ病院の連絡先って、みんなに教えてたよね？」

「さて、それだ。今、俺達美少年探偵団が置かれている問題が、そこにある——美しくない問題が」

ちりん、と、また鈴の音がした。

生理食塩水入りのボトルを元あった位置に戻した際に、天才児くんのほうからしたようだが——アクセサリーか何かが、こすれた音だろうか？

「もちろん、正気に戻った俺達は、すぐさまドクターヘリを要請しようとした——しかし、知っての通りこの野良間島は、完全なる圏外で、通信手段はない。本土に連絡を取りたければ、胎教委員会に頼るしかなかった」

「ああ……、そうだよね」

そうなるよね。

そこまで聞けばもう十分なくらいだ。

わたしは胎教委員会から持ちかけられた依頼で、五人の捜索をおこなったという体裁ではあるけれど、その結果視力を喪失したからと言って、彼らが責任を感じてわたしを病院に連れて行ってくれるような、良心的な組織でないことは知っている。

わたしも失明を彼らのせいにするつもりはない……。

この責任はわたしが負う——どんなギャンブラーも……。

「要するに、この島でおこなわれた実験って、大失敗だったわけだもんね。胎教委員会としては、その失敗を覆《おお》い隠《かく》すためにも、事情を知る、つまり事情通のわたしを島の外に出すわけにはいかないって寸法だ」

「およそそんなところだが、まだ交渉中ではある。決裂はしていないし、状況はそこまで絶望的でもない……、突破口は、連中のほうは、野良間島での実験を、失敗とは思っていないという点だ」

「ああ。沃野《よくや》くんもそう言ってた。成功のための一歩だとか、飛躍するために一回しゃがんだだけだとかなんとか……、交渉中って?」

「だから、リーダーとミチル、それにナガヒロが、今も胎教委員会とディスカッションの最中だ――それこそ三日三晩、ぶっ続けで、ブレストをおこなっている。お互いにとって、いい着地点を目指して」

「えぇー……、ディスカッションって。言っちゃなんだけれど、沃野くんと議論なんてしても無駄じゃない?」

決裂させせたほうが生産的な会議っぽいなあ。

わたしの率直な感想に、天才児くんはちりんちりんと、鈴の音をふたつ返した――やはりアクセサリーの音?

でも、白衣の中学生が、いつからそんなお洒落《しゃれ》さんになった?

「議論の相手は沃野禁止郎《きんしろう》ではない。胎教委員会の首領、不名誉委員長の美作美作《みまさかびさく》だ」

「ふーん……、え⁉」

「何を驚く、まゆ。もとをただせば、それはお前がセッティングした会合だろう」

いや、驚くよ。馬に敬意を表するよ。

確かに胎教委員会からの捜索依頼に対し、わたしが出した条件は、胎教委員会のトップとの接見だったけれど……、まさか実現するとは思わなかった。対等な取引を装うために、言ってみただけの条件だったのに……。

無茶を言って困らせてやれという気持ちもあった。ほら、わたしってクズだから。結果困るのはわたしになったとしても。

ただし、だとすれば、人選も納得の布陣である。

美少年探偵団のトップであるリーダー、双頭院学《そうとういんまなぶ》が出るのは当然として、長年指輪学園の生徒会長の立場から、大人の集う職員室と丁々発止をやり合っていた先輩くんはディベートの席に不可欠だし、しかしそんな正攻法のふたりとは違った視点からものを見られる美食家にして風刺家、目上の人物にも物怖《ものお》じしない、目下《もっか》のところの不良くんにも、是非ともその場には出席して欲しいところだ。

つまり、美少年探偵団のメンバーの中でも、特に『大人に物怖じしないタイプ』の三名である……、不名誉委員長を、いわゆる『少年』の立場から相手取るなら、この布陣以外は考えにくい。

何かと感情的になってしまうわたしはもちろん、天才児くんと生足くんも、議論には向かない……、天才児くんは（普段は）寡黙だし、生足くんは、何かとふざけちゃう嫌いがあるし。

茶化《ちゃか》していい会議じゃあないよな。

美脚自慢の会議でもない。

「そっか……、そういう意味でも、わたしのやったことは、無駄じゃなかったわけだ。胎教委員会のトップを、不毛であれなんであれ、議論のテーブルにつかせることに成功したのであれば」

「お前のやったことに、無駄なんてひとつもない。ほら、また水を飲むか？」

「あ、いえ、大丈夫っす」

これ以上排泄の面倒をかけるわけには。

溺れちゃいそうですよ、生理食塩水じゃなく、優しさに。

ん……、だとすると、天才児くんはわたしのお世話担当だとして、生足くんは今、どうしているのだろう？　いくらふざけちゃう天使でも、交渉を三人の先輩任せに、自分は何もしないなんてことができるタイプでもなかろうに。

ああ見えて意外とサボらないんだ、あの子は。

わたしと違って。

「ヒョータは体力班らしい働きをしてくれている。ふむ、とすると、まゆが目覚めたタイミングはちょうどよかったかもしれない。相変わらず、お前は機を見るに敏だな。ちょうどこの朝あたりに、戻ってくる頃合いのはずだから――」

「戻ってくる?」

つまり、どこかに出掛けていたの?

機を見るに敏とか、わたしごときが天才児くんからそんな高評価をいただけていたとは照れずにいられないが……。怪訝《けげん》に思ったわたしがその美眉を顰《ひそ》めた（これくらいのことは言わせて欲しい）とき、まさしくそのタイミングで、保健室の戸が開いた――開いたところが見えたわけではないが、記憶の中にある引き違いのその戸が、ノックなしで開けられる音を聞いた。

またもやちりんちりんと鈴の音がしたけれど、今度はそれは、天才児くんの位置からではなく、その出入り口のほうから聞こえた……、

「た、ただいま……」

という、息切れの激しい、生足くんの声と共に。

28　遠泳

息切れのみならず、ベッドまでばくばく届くその動悸《どうき》の激しさからして、生足くんが今の今まで、規格外の活動量にその身を捧《ささ》げていたことは明白だった――したたる汗が保健室の床を濡《ぬ》らす音まで聞こえてくるようだった。

美少年探偵団の体力班。

いや、ただ汗みずくになっているだけでは、ここまでの水音はするまい……、滝のような汗というのは比喩表現のはずだ。いくら水もしたたる美少年と言っても、たとえ島中を縦横無尽に走り回ったとしても、人間、こんなに汗はかかない。

雑巾《ぞうきん》のようにしぼられたとしても、だ。

つまり、今、生足くんが全身びしょ濡れである理由ははっきりしていて――この島を出て、ひと泳ぎしてきたからに他ならない。

「た……、タオル、タオル……、そして眉美ちゃんの膝枕《ひざまくら》……」

うわごとのように呟《つぶや》きながら、ふらふらとベッドのほうに歩み寄ってくる生足くん……、陸上部のエースとは思えない足取りだ。

それも見えるわけではないのだけれど、ちりん、ちりりんという鈴の音が、彼の現在の、蹌踉《そうろう》とした千鳥足を示している——ひょっとしたら保健室の戸に吊《つる》された来客ベルかとも思っていたけれど、天才児くん同様のアクセサリーらしい。

お揃《そろ》いのアクセサリー？

いつの間にそんなものを？　わたしの知らないうちに作製された、美少年探偵団の新たなるグッズだろうか？

さらっと仲間外れに？

なんでそんな心当たりのあることをされるんだ？　と首を傾《かし》げているうちに、生足くんは本当に、わたしのベッドへと、と言うか、わたしの太ももへと、倒れ込んできた——水枕が倒れ込んできたのかと思うくらい、彼はずぶ濡れだった。

慌ててその身を抱えてみたが——さすがにこれはこの手で触ってみなければわからなかった——、なんと生足くんは半裸だった！

「半裸って言わないで……、水着は着ているもん……、眉美ちゃんとは違う……」

「いえ、わたしをヌードになるのが好きな子みたいに言わないで？」

そしてわたしは、己の浅はかな軽挙妄動によって、両目の視力を失ってしまったことを、初めて後悔した――生足くんの生足がこれでもかと限界まで晒《さら》された、ブーメランパンツを見逃すだなんて！

「ブーメランパンツじゃ……、ない……」

突っ込みも弱々しい。

わたしよりもよっぽど、このベッドに寝転んで安静にするべきコンディションのようだ――これでは水枕を膝枕から押しのけることもはばかられる。

むしろ氷嚢《ひょうのう》が必要なのでは？

「五重塔学園でなまった肉体を立て直すために、全身運動のスイミングに興じていたってわけじゃなさそうだけれど……、生足くん、いったい何があったの？　あ、足のマッサージは任せてね」

「ええっと……、眉美ちゃんとお互いの足を感じ合ってる場合じゃなくってね……」

「え？　そうじゃない場合なんてある？」

「これがあるんだ……、これが……」

途切れ途切れの生足くんの言葉を、

「俺が説明しよう」

と、天才児くんが引き継いだ――天才児くんが他のメンバーの発言をフォローするなんて、逆はあっても、初めてなんじゃないだろうか？

　買って出ますか、解説役を。

　いろんなことが起こるね、この島では。

「さっき言った、リーダー達と胎教委員会の終わりの見えないディスカッションの結論を、漫然と待ってもいられなかったから、生足——もとい、ヒョータには、単身で本土に渡ってもらっていた」

「本土に⁉　泳いで⁉」

　わたしがピノコだったなら、『アッチョンブリケ』のシーンである。

　思わず、足を揉《も》む左手に力が入ってしまった……、そりゃあこんなにぱんぱんになるわけだ。琵琶湖と言えば、定義上はもちろん間違いなく湖ではあるけれども、実際はほとんど海みたいなものなのに。

　七つの海の四番目に数えてもいいくらい。

　市町村のひとつやふたつ、余裕で収まるくらいの面積を誇るのである——野良間島はそのど真ん中に位置する人工島だ。前に来島するときも（ドクターではないが）ヘリコプターを使ったし、今回、ひとり本土に取り残されたわたしは、潜水艦まで動かした——それだけの距離を、泳いだだって？

肉体ひとつで？

それも、ただ泳いだだけじゃない……、往復したのだ。たったの三日で。

「うん……、走れメロスの気分だったよ……、何度かくじけかけたし……」

「ど、どうしてそんな馬鹿《ばか》な真似《まね》を……、くじけかけたって、くじけたら溺《おぼ》れ死《し》んじゃうじゃない……」

「眉美ちゃんがやったことが馬鹿な真似じゃないんなら、ボクがやったことも、馬鹿な真似じゃないでしょ」

眉美ちゃんの真似だよ。

と、生足くんは言った——どこか満足げに。

満足げに言われても……、それは死にゆく者の台詞だよ……、わたしは混乱したけれど、

「まゆ。ヒョータには、まゆのかかりつけ医を訪ねてきてもらったんだ。医学には素人の俺達では、できることに限界があったから」

天才児くんのこの補足を聞いて、その混乱は完全に収まった——と言うか、それなら確かに、お前が言うな、他の誰に言われても、お前にだけは言われたくないという感じであろう。

「もらえる限りの医療器具とか薬品とかももらってきたよ……、そっちの防水バッグに入るだけ入ってる……、まあそれをもらうのも、素人の医療と同じくらい違法だそうだけど、なぜか快《こころよ》く取り計らってくれた……」

なぜかと言うと、わたしのかかりつけであるあの眼科医は美少年が好きだからだと思うが、その初出情報をここで提出すると感動が台無しになるかもしれないので、わたしだけの秘密にしておくことにした。

疲労困憊《こんぱい》の生足くんに、きみの色仕掛けが効いたのだとは言えない。

依頼人に守秘義務が課される美少年探偵団とは違うが、医者の秘密を守秘しよう。まったくの話、ずぶ濡れで水着姿の中学一年生が現れたら、あの眼科医なら、家宝だって渡してしまいかねん。

「でも、ソーサク……、ソーサクの処置は、概《おおむ》ね正しいという評価ももらえたよ……、その場でできる応急措置としては、それ以上はないだろうって……」

それを聞いて、わたしよりも天才児くんのほうがほっとしたかもしれない……、ただし、芸術家とは昔から、人体構造にも精通していた職業だと聞くから、あながち医学の素人というわけでもないのだろう。

麻酔に何を使ったかは絶対に訊かないけど。

「とは言え、やっぱりできるだけ早い入院が必要なのは変わらないから……、一刻も早く本人を連れてこいってどやされた……、でないときみも失明させてやるって……」

眼科医としては倫理ぎりぎりの脅しだな。

美少年好きだが、美少年に甘くはない……、世の中にはいろんな大人がいるよ、本当に。

「そうなると、やはり会合の結論は急がねばならないな。好きでもたもたしているわけじゃあないのだし、急《せ》かしたくはないが……、ヒョータ、疲れているところ悪いが、まゆを任せていいか？」

任せていいか？　って。

わたしをものみたいに言いおるな。

「別にいいけど、ソーサクはどうするの？」

こいつもこいつで安請け合いを。

わたしを扱いやすい奴だとでも思うのかい？

「決まっている。俺も胎教委員会とのディスカッションに加勢する……、及ばずながら、リーダー達の力となろう」

「え。でも、天才児くん、そういうの得意分野じゃないでしょう？」

「確かに得意とは言えないが、これでも財団の運営に関与している立場だよ……、好きじゃなくとも否応なく、気難しい大人の相手はそこそこ慣れているつもりだ」

そう言って、天才児くんは、たぶんベッド脇《わき》の椅子《いす》から立ち上がった――たぶんと言うのは、またもやちりんと、鈴の音がしたからだ……、今度は、音のする高さが変化したのを感じた。

つまり座っていた『何か』から立ち上がったのだろうという推測である……、『何か』が椅子かどうかはわからない。普通に考えれば椅子のはずだが、意表をついてわたしの鞄《かばん》に座っていた可能性もある。

「ではまたあとで、まゆ。必ず安静にしていること」

そしてその鈴の音は、不躾《ぶしつけ》な命令を残して、保健室の外へと去って行く……、不躾なのは、御曹司のボンボンだから仕方ないにしても――そしてそのポジションゆえに、大人との折衝に熟練しているというのは、なるほど、言われてみればそりゃそうだとしても――いい加減なわたしでもいい加減、ちりんちりんちりんちりん、気になってきた。

「生足くん。早速で悪いんだけれど」

「何？　生理現象？」

「違う。貴様もデリカシーな。生足くんも天才児くんも、なんで動くたびに鈴の音がするの？　一挙一動にちりんちりんが伴《ともな》うの？　もしかして、一年生の間でそういうのがはやってる？」

「んーんー……、リーダーも、ロリコンも、シェフミチルもりんりん言わせてるよ」

「ぶいぶい言わせてるみたいに言われても……、なんで？　わたしだけ仲間外れにしないでよ」

「仲間外れにしないためのアイテムだよ。発案はリーダーなんだけど……、ほら、足ばっかり触ってないで、首のとこ、触ってみて」

「そりゃ触れと言われて断る理由はないけれど……、美脚以外でも理由があればいくらでも触るけれど……、ん？　これって……」

手触りからして……、丸い金属……、つまり鈴……と、それが引っ付いている……、ネックチョーカー？

鈴付きの首輪？

「作製者であるソーサクとロリコンいわく、ひとりずつ、さりげに音階を変えているマスターピースなんだってさ……、これをつけていれば、ボク達がそれぞれどこにいるか、どう動いているか、眉美ちゃんにもわかるはずだって……、シェフミチルなんかは、熊除《くまよ》けの鈴かよって笑ってたけど……」

「…………」

熊除けの鈴……。

確かに、慣れてきたら、どこにいるかだけじゃなく、どう動いたかもわかったくらいである。座っていたか、立っていたか、保健室から出たかどうかも――今も、鈴の音から、生足くんがわたしの上で寝返りを打ったのがわかる。

つぶさにわかる。

いや、寝返りは太ももの感覚だけでわかるが。

シリアスな会話に交えて、わたしの膝枕を満喫するなよ――わたしも首筋の感触を楽しんではいるけれど！

でも、そうでもしていないと、あまりにぐっと来てしまう……、わたしが寝ている間に、そんな相談を、みんながしてくれていたなんて。

「首に鈴をつける相談ね。あはは」

相変わらず、生足くんは茶化してくるが。

遅まきながら気付いた、あれだけ寡黙な天才児くんが、いきなりらしくもない多弁なオレ様にキャラ変した理由に――寡黙のままじゃあ、今のわたしとはコミュニケーションが取れないからだ。

設定を変えてまで、天才児くんはわたしと接点を持とうとしてくれたのである——オレ様なのは元々だとしても。

「だ、だけど、これ——わたしはいいんだけれど、生足くん達はうるさくない？　ずっと首元で鈴がちりんちりんって鳴ってたら……、泳いでるときは、さすがに外していたにしても——」

「いや、外してないよ。あくまで今だけの緊急措置だし……、それに、ボク達もこの音を聞いている間は、眉美ちゃんを感じていられるし」

泣かそうとしている？

だとしたら、おそらく今のわたしは涙腺《るいせん》も機能していないから、その企ては無意味なのだが……、けれど、そんな言葉や、諸々《もろもろ》の気遣い以上に、心動かされずにはいられないひとつの事実があった。

それぞれのメンバーが鈴をつけて、自分達の位置をわたしに知らせようという試み……、それは、今もって彼らは、わたしを美少年探偵団のメンバーとして扱ってくれているということだ。

仲間外れなんてとんでもない。

負傷したからといって、退役させようとは思っていない……、だったら。

「だったら、安静になんてしていられないよね——生足くん。わたし達も行こうか。参加しよう、胎教委員会との、最後の対話に」

元より、わたしの設定した場である。

わたし抜きで話を進められたことに、なんなら怒ってもいいくらいだ——点滴もいいけれど、不良くんのちゃんとした手料理も、おなかいっぱい食べさせてもらいたいところだしね。

リバウンドさせていただきましょうか。

「待って、眉美ちゃん……、やる気に、て言うか元気になってくれたのは嬉しいけど、まだぜんぜん動けないから、ボク……」

「あ、そうだね。ごめん、美脚でもないのに先走って。ところでわたしの服を知らない?」

生足くんの服もだけど……、出席するなら、正装しないと。

美しく、少年のように、探偵をしよう。

29 生足くんとの

ところで、その場ではそこまで気が回らなかったけれど、鈴はともかく、そのアイテムがネックチョーカーである必然性はあったのだろうか？　下手すると、はたからはわたしが首輪をつけた美少年を五人、引き連れているように見えてしまいそうなのだが……、シリーズ最終巻が、そんな倒錯的な表紙になって大丈夫なのだろうか。

心配だ。

最後だからって、何でもやっていいわけでは……やけのやんぱちになったと思われたくはない。

しかし、それと同じくらい真剣に考えなければならない点として、胎教委員会と美少年探偵団との対立の、落としどころと言うのもある――まさしく今、リーダー達が取り組んでいる課題ではあるものの、一筋縄でいかないことは明らかである。

わたしの搬送のことはさておいても。

決して失敗を認めない彼らの性質もあるけれど、そうでなくとも現状、話が大きくなり過ぎているのも確かだ――全国から選《え》りすぐりのエリート中学生を絶海（絶湖）の孤島に招集した挙句、彼ら彼女ら全員を、凡人化させてしまったというのだから。

ことは国の未来にかかわっている。

国防のレベルであり、亡国のレベルときては、正直言って、わたし個人の視力など、些《さ》細《さい》な問題である……、さておいたまま、置き忘れてしまってもいいくらいだ。一刻も早く入院が必要と診断されても、もう元通りには快復しないこともわかっているし。

「そもそも、生足くん。わたしの膝の上で体力を回復させている間に、教えてくれるかしら？　わたしが遠征でいない間に、指輪学園でいったい何があったのか」

「はは……、懐《なつ》かしいね。眉美ちゃんと最初に会ったときも、こんな風にへろへろになって、膝枕を楽しんでいた……」

「膝枕の部分は捏造《ねつぞう》されている」

思い出話とかしないで。どっちかがこのあと死ぬみたいじゃない。

意外とわたしだったりするんだ、これが。

「だいたい眉美ちゃんの、予想通りのことが起きていたよ。まあ、結論だけ言うと、ボク達があまりにも迂闊《うかつ》だった——なんとでもなると思って、胎教委員会の誘いに応じて、この胎教学園に転校してきたけれど……、自分達が井の中の蛙《かわず》であることを思い知らされた」

ボクくらいの足の持ち主は、いくらでもいた——と、生足くんは、いっそ振っ切れたかのような爽《さわ》やかな口調で、そう語るのだった。

「井の中どころか、胃の中にいるかのように、個性が消化されていくのを感じたよ。眉美ちゃんがああして目視してくれなければ、今でもボクは、己の美点を見失ったままだった」

迂闊と言うのとは少し違う気もする――この場合、生足くん達は、敵の策略に嵌《は》まったわけではないのだ。

巧みな罠に引っかかったんじゃあ、ない。

美少年探偵団が失敗した以上に、胎教委員会も失敗した――たぶん、全国から集められたエリート達も、それぞれに思惑があってこの野良間島に集合したのだろうが、彼ら彼女らとて、ひとり残らず失敗したのである。

それを認めるところが第一歩なんだろうけれど――胎教委員会はもちろん、エリート達にも、その認知は簡単なことじゃないだろうな。

不協和を引き起こす。

不協和音をかき鳴らしながら。

生足くんや天才児くんが（らしくもなく）殊勝《しゅしょう》なことを言えるのは、はばかりながら、わたしがやってきたからに他ならない……、失態を仲間に見られてバツが悪いという感情が、おそらく美少年達に、自身を客観的に見せている。

同じことを胎教委員会にさせられるかどうかと言えば、しかし……。

「そっか。わたしの予想通りのことも、一応は起こったりもするわけだ。じゃあ、今は胎教委員会と、リーダー達はどんな議論を交《か》わしているんだろう？　こっちの要求は、何はなくとも島から帰して欲しいだとして……、向こうはわたし達に、何を求めているの？　いくら不正を隠すためでも、正気を取り戻したみんなのことを、ずっと監禁してはいられないでしょう？」

ましてや怪我人《けがにん》をや、だ。

わたしのことを、怪我人と言うべきか病人と言うべきかは、自分でも定かではないところがあるけれど……、胎教委員会は『トゥエンティーズ』とは違って、決して犯罪集団ではない。

政府の支援を受けた公的な機関である。

ここが大事だ。

沃野くんみたいにルールを逸脱した委員も中にはいたけれど、基本的におこなっている実験は、ぎりぎり合法の範囲内のはずなのだ――法解釈はともかく、少なくとも手続きは踏んでいるはず。

「そうだね……、だからこそ、ボクの遠泳も、見逃してもらえたって節《ふし》はある……、人道的配慮って奴……、もちろん、眉美ちゃんの治療のためにとんぼ返りで戻ってくるだろうって確信があってのことだろうけど……」

「感謝はするけれど、生足くん。遠泳はね、先に相談してくれてたら、わたしは止めていたよ？」

「右に同じー」

でしょうね。

愚行に関しては、私も生足くんと、どっこいどっこいだ。

ただし……、ひょっとして、どうしていいかわからない、落としどころがわからないのは、胎教委員会のほうも同じなのでは？　いつまでも引き留められないことはわかっていても、とりあえず引き留めるしかないから、引き留めている……、現状維持するしかない……、だとしたら条件がかみ合わないのも当たり前だ……、かみ合わないどころか、互いの歯車が空回りしているようなものだ。

出っ張ったところ同士でパズルのピースを組み合わそうとしている。

不名誉委員長のお人柄は知るよしもないけれど……、ならばそれこそが、逆に突破口になりうるかもしれない。

あり合わせではない医療器具が届いたことで、ほんの少しだけ、わたしの病状にも猶予ができたと仮定して……（一刻も早く連れてこいという眼科医からのメッセージは、一旦無視する)、ただこの場を切り抜けるのではなく、胎教委員会との対立を、完全に決着させるなら。

その場合、団員思いのリーダーを、わたしのことは後回しにするよう説得するのが、何よりの難題になりかねないとしても……。

「よし。お待たせ、眉美ちゃん。とりあえず動けるようにはなったみたい。眉美ちゃんをおぶって会議室まで歩けるくらいには、回復したよ」

「おぶってって……」

まさかそこまでの回復を待っていたとは。

いくらリーンと化した身体と言っても、人間ひとりの重さだよ?

「そこまで気を遣われると、こっちも気を遣っちゃうよ。先導してくれれば、廊下を歩くくらいのことはできるってば」

「気にしないで。サラシを巻いていない眉美ちゃんの柔らかな肉体を背中で感じることは、ボクにとっても有益なんだから」

まるでツンデレみたいな感じで、ここぞとばかりにただの中学一年生の欲望を発露させているな……、まあ見逃してあげましょう、全身運動の全身筋肉痛の直後に見せる、そのバイタリティに免じて。

首輪をつけた水着姿の後輩におぶわれるというのも、いい思い出になるだろう……、そっちが表紙になるかもだ。

サラシは巻くけどね。美少年探偵団なんだから。

30 キャンセル

勢い会議室と言ってしまったものの、生足くんによると、美少年探偵団と胎教委員会がディスカッションをおこなっているのは、五重塔学園の校長室とのことだった……、不名誉委員長の美作美作は、この学校の校長先生も兼ねているらしい。

校長先生と来たもんだ。

まあ、偉い人ほど肩書きが増えていくのはよくあることではある……、いずれにせよ、生足くんとふたりで騎馬を組んで、その話し合いの場に乗り込むというのがついさっきまでのわたしのプランだったけれど、言いにくいことに、のっぴきならない事情があって、これが頓挫《とんざ》してしまった。

わたしのアンチクライマックス主義は、目が見えようと見えまいとあまり関係がないらしい……、ちゃんと説明すると、着替えに時間がかかった。わたしの着替えもさることながら、生足くんの着替えも……、ずぶ濡れになった彼の髪の毛がなかなか乾かなかったのだ。

保健室にドライヤーはなかった。

まさか会議の席に、生足くんだけに生乾きで乗り込むわけにもいかなかったし、まして本当に、水着のままでおんぶしてもらうわけにもいかなかった……、彼の学ランのスラックスを、ショートパンツ風に切断して縫製するという、謎《なぞ》の裁縫の手間があったことも付記しておこう。

生足くんが生足くんらしさを取り戻した以上、避けるわけにはいかない、それは手間である。

ついでに言うと、わたしの右手の甲に刺さった点滴の針を抜くのも、なかなかの勇気がいった。何かの拍子《ひょうし》で出血して、何かの弾みで血が止まらなくなったらどうしようとか、そういうことを考えちゃうわけですよ、びびりだから。真面目な話、己の身体から尖《とが》った針を抜くのは、尖った針を刺すのと同じくらいの大事業だった。

その他、生足くんが本土から運んできてくれた錠剤を飲んだり、一回包帯をほどいて、点眼薬を注《さ》したり、また包帯を巻き直したりしているうちに、どうやらお昼時になってしまったらしく、わたし達が遅ればせながら校長室に乗り込んだときには、会議はちょうど小休止に入ったところだったのだ。

　遅ればせながらが過ぎた。

「やあ眉美くん！　気がついたのかい、きみの目覚めを待っていたよ！」

　高らかに鈴の音を響かせながら、生足くんごとわたしをハグしてきたのは、これは目視できなくてもわかる、リーダーの小五郎《こごろう》である――変わらぬ対応は嬉《うれ》しいけれど、目が見えない人にいきなり抱きついたりしちゃ駄目だよ？

「おや、指輪学園の制服ですか――学ランもお似合いでしたのに、眉美さん」

　鈴の音こそしなかったし、抱きついてもこなかったけれど、そのいい声だけで十分に名刺である――先輩くん・『美声のナガヒロ』・咲口長広《さきぐちながひろ》。

　ただ、ちょっとお疲れのご様子かな？

　わずかに美声に翳《かげ》りを感じる。

　三日三晩、ぶっ続けで議論が白熱すれば、そりゃそうか……、無限の体力を有する小学五年生でもない限り、ある意味では遠泳以上に疲れるだろう。

　結論の見えない議論となれば、尚更《なおさら》だ。

　白熱ならいいけれど、暗黒で、冷酷な議論だったかも……、ちなみに、わたしと違って、書類上は正式に五重塔学園――胎教学園に籍を置いている美少年達は、一様に学ラン姿のはずである。

水着姿と同じくらい見てみたかったなー。

おっと、リーダーは除く。

わたしが男装しているのと同様、リーダーはこの学園では、女子生徒としてセーラー服を着ているはずだ――それも見てみたかった！　あの『よ過ぎる視力』を倦《う》んでいるような振りをしておきながら、意外とわたしには、見たいものがいっぱいあったんだなーと、思い知る。

特に不良くんなんて、学ランを着るために生まれて来たような男だろうに――って、その不良くんはどこじゃらほい？

対話相手の不名誉委員長が校長室から退室していることは、場の弛緩《しかん》した空気から、なんとなく察せられるけれど……、不良くんと、わたし達よりも先に駆けつけたはずの天才児くんは？

わたしを慮《おもんぱか》って多弁になってくれた天才児くんなのだから、先輩達の前だからと言って黙しているとは思えない……、まあよく考えたら、それくらいは失明する前から喋ってくれという気もするけれど、言うまい、言うまい。

そこはわたしが沈黙しよう。

「あのふたりなら調理実習室ですよ。食堂のテーブルで胎教委員会の皆さんと鉢合わせになるのも気まずいので、私達はそこで食事をとるようにしています——眉美さんのお目覚めや、ヒョータくんの帰還も知らせていますので、ミチルくんも、きっと精のつく料理を作ってくれていることでしょう」

「ありがたいよ、ナガヒロ。ボクがおなかぺこぺこだと、よくぞわかってくれた。お礼に一回、ロリコン呼ばわりをしないであげる」

「言及したも同然ではありませんか。親が勝手に決めた六歳の婚約者について」

この辺の人間関係は、いつも通りだね。

いつも通りに復元した、と言うべきか——凡人化していたときには、きっとその辺も、均《なら》されていただろうから。ロリコンが際立った個性じゃない学園って、どんなのだよと思わなくもないが、そこについても沈黙かな。

沈黙は美徳とは、よく言ったものである。

「では、久し振りにメンバー全員揃ってのティータイムと洒落込もうかね——眉美くん、早速で悪いが、起き抜けの指令だ。メンバー全員の鈴の音を、聞き分けられるようになってくれ。たまえ」

「あ、はい。それはすぐに」

指令って感じでもないけれど……、音階が違う鈴の音と言うと、なんだかハンドベルみたいだなあ。

ネックベルか。

正直、たとえすべて同じ音でも、活発なリーダーの鈴の音だけは、あっさり区別できそうだが……、逆に、所作の上品な先輩くんは、首輪を鳴らさずに歩くこともできそうである。

「そうだね、眉美ちゃん。ナガヒロは抜き足差し足忍び足の犯罪者だもんね」

「ロリコンイコール犯罪者ではありません。じゃなくて、ロリコンではありません。もう呼ばわっているじゃないですか」

ああ、帰ってきたなあと思う。

そんな会話でしみじみと感じ入るのも我ながらどうかと思うし、帰ると言うなら、これから帰らなくちゃいけないんだけど……、ディスカッションの小休止と言っても、あんまり、『キリのいいところまで来たから休憩を挟んだ』ってわけではなさそうだ。

むしろ水を入れたかったたって風である。

「なるべく音が鳴るよう心がけますよ。ただまあ、音階については微調整の余地はあるかもしれませんね。いつつの鈴も、あり合わせの市販品を、音楽室で改造しただけのものですので……」

調理実習室があったり、音楽室が生きていたり、その辺の設備は、指輪学園よりもよっぽど満たされているのだ、この五重塔学園は。

そこは素直に羨しいくらい。

とは言え、先輩くんはそんな風に、首輪の鈴をわざわざ、意図的に鳴らしてくれたようだけれど——

「いえ、今のままで十分区別できますよ。さすが『美声のナガヒロ』のチューニングです」

「そうですか？　調律は私の専門分野ではありませんが……」

わたしのほうこそ、専門分野である視力を失ったことで、聴覚が発達した——のでもないのだろう、別に。

何かを失うことで別の何かを得られるなんて考えかたを、わたしが基本的には嫌いだから、そうは思えないと言うのもあるが……、たぶん単純に、耳を澄ますときに自然と目を瞑《つぶ》るのと、同じ効果なのだと思う。

今まで聞こえていた音が、今まで通りに聞こえているだけのことである……、下手に、過剰な視力に惑わされていないだけで。

薬品の匂いが鼻をつく前に、今までだったら保健室は保健室だと見ればわかっただろうし、皮膚で日差しを感じ取る前に、今までだったら窓のほうを見ていたのと同様に……、これまで、見え過ぎることでオミットされてきた普通の知覚を、普通に知覚できるようになっただけで……、うっかりここで特殊能力を得たなんて勘違いをすると、今後の人生に大きな影響がありそうだ。

くれぐれも気をつけないとね。

百聞は一見にしかずなら、百回聞けばいいだけのこと——か。

「はっはっは！　気をつけるも何も、だとしたらとても美しいことじゃないか。元々眉美くんが備えていた能力が、今のきみを支えてくれると言うのであれば——きみがきみでいてくれることが、とても心強い。その知覚を是非生かしてもらいたいものだよ、この行き詰まった状況の打破にね！」

こちらも通常通りの前向きなポジティブ発言——のようでいて、やっぱり行き詰まっているんですね、ディスカッション。

わたしなんぞが力になれますかどうか。

いずれにしても、腹が減っては戦はできぬ。わたしはつかの間訪れた決戦の地、校長室を、まるで最初から下見に来ただけかのようにあとにして、合流したメンバーと共に、調理実習室を目指すのだった。

31　午餐《ごさん》の誤算

「俺は他の連中とは違って、お前を甘やかしたりはしないからな。それはみんなにも言っておく。俺達が一生こいつの面倒見られるわけじゃないんだから、半端《はんぱ》に優しくしてどうするってんだ、そのほうが無責任ってもんだろ。いいか、大好物を振る舞ってもらえるなんて、間違ってても思うんじゃねえぞ。後先考えねえ向こう見ずの食い物なんて、お粥《かゆ》で十分だ」

いやいや。

三日三晩、飲まず食わず（点滴以外）の空《す》きっ腹《ぱら》には、胃に優しいお粥が適切であることくらいは、わたしが『美食のマユミ』でなくとも知っている食育の常識なのだけれど──取り上げられたら大変なので、そんな突っ込みはほうじ茶と一緒に飲み込んでおこう。

でも実際、みんなからの感謝は感謝として快く受け入れるとしても、こんな下にも置かない扱いを当然のものとして受け入れれば受け入れるほど、その後が辛《つら》くなるのも事実だろうから、そこはきちんと区別しておかないと……、違う意味で、あとが怖い。これはあくまで一時的な姑息療法みたいなものである。そう、わたしとて、首輪つきの美少年達に、一生面倒を見てもらえるなんて思っちゃいない。

ちなみに、不良くんの鈴の音は、一番の低音だった。

まとめると、不良くん（ド）→天才児くん（ミ）→先輩くん（ファ）→生足くん（ファ♯）→リーダー（ラ♭）みたいな感じ……、先述の通り、わたしは絶対音感を持っているわけじゃないので、あくまで暫定的で、適当な聞き取りだけど。

こういう適当を積み重ねよう。

ところで、視力に頼らない芸術活動として、わたしがアーチェリー女学院で提出したアイディアが、視覚ならぬ味覚を主軸とした学園食堂だった——あれは窮地に追い込まれたわたしがひねり出した苦《くる》し紛《まぎ》れのその場しのぎでもあり、採点にあたってはあちらの生徒会長に手心を加えてもらったのではないかという後ろめたさもあったけれど、こうして達人の手料理を、実際に、視力を封じられた状態で食してみると、ふむ、どうやら、あながち机上の空論でもなかったようだ。

口で味わうからと言って、口八丁ではなかった。

八丁味噌でも。

もちろんビジュアルは、料理の大切な要素である——写真を撮影して、ネットにアップするのが当たり前の手順になった令和の時代には、尚更だ。しかし、包帯で両目を封じられて、否応《いやおう》なく味覚に、そして嗅覚《きゅうかく》に集中させられれば、ごまかしの利かない手料理そのものを味わえる——ような気がした。

実際のところ、わたしの舌が、ここまで味を感じていたとは思わなかった……、今までバカ舌だと蔑《さげす》んでいて、我が身の一部ながら、申し訳なかった。きみは十分役割を果たしてくれていたんだね。

味覚の再発見だよ。

もっとも、お粥が供されたのは病み上がりのわたしと、遠泳直後の生足くんだけで、他のメンバーには、見た目からして『精のつく』メニューが用意されたようである——見た目が見えなくても匂いでわかる。

なんとかおこぼれに与《あずか》りたいところだ。

「安静にしてろと言ったのに。まったく、人の言うことを聞かないまゆだ」

天才児くんは、点滴を引き抜いてきたわたしに呆《あき》れたご様子だった……、合わせる顔のない気まずさとはこのことだが、言うことを聞いて欲しかったら、もうちょっと後輩らしい口の利きかたを覚えるべきである。

とにもかくにも、これで全員集合。

『美学のマナブ』――双頭院学。

『美声のナガヒロ』――咲口長広。

『美食のミチル』――袋井満《ふくろいみちる》。

『美脚のヒョータ』――足利飆太《あしかがひょうた》。

『美術のソーサク』――指輪創作。

そしてこのわたし、『美観のマユミ』――では、もうないにしても、わたしが瞳島眉美であることに違いはない。

美少年探偵団の一員であることにも。

「まずは再会を大いに喜ぼう！　もう二度と相見《あいまみ》えることがなかったかもしれない我々美少年探偵団のメンバーが、こうして集えたことを！　あとは、そう……、家に帰るまでが探偵だ！」

リーダーがそんな音頭を取ったが、まさしくその通りである……、わたし達は再会しただけで、まるで虎口《ここう》を脱してはいないのである。虎の喉にいるかもしれないくらいだ、ひょっとすると。

確かにわたしが来島し、屋上から『発見』したことで、全校生徒が平均化されたこの五重塔学園から、五人の美少年達は抜きん出たわけだが……、そんな突出も、果たして、いつまで持つかは不明である。

出る杭《くい》は打たれる、までもなく……、よくよく考えれば、この島に漂うエリート平均化の波動は、再び五人を襲うのではないだろうか？

その場合、わたしにはもう、彼らを見つけることはできない……、とは言わないにしても、弱音を吐きたくなるほどかなり時間がかかることは間違いなく、しかもそれは、見つけてはまた埋没しての、イタチごっこになるわけだ。

どこかで力尽きる。

そういう意味では、現状、一刻も早く島を出たほうがいいのは、一通りの医療器具が取り寄せられたわたしよりも、むしろ五人の美少年のほうである。底無し沼の上で、表面張力でぎりぎり浮かんでいるようなものなのだから。

生足くんは、本土に帰ったのなら、そのまま戻ってこなくてもよかったくらいだ——って、それができたら、生足くんじゃないか。

「でも、本土で助けを呼ぶくらいのことをしてもよかったんじゃねーのか？　警察に通報するとかよ」

「警察は嫌いだ……」

久し振りに、生足くんが抱えているトラウマを発露させた……、誘拐経験豊富だったり、警察不信だったり、陸上よりも水泳のほうが向いているんじゃないかというくらい、荒波を泳いでいるよ。

「でも、通報してても無駄だったと思うよ。胎教委員会や野良間家の権力を考えれば、余計なことはしないほうがいいと判断した」

「ヒョータくんらしからぬ、いい判断ですね」

「なあに。最悪の場合、身内から逮捕者を出すことになりかねないわけだし」

「ヒョータくんらしさを出して来ますね。察しませんよ。何を言いたいのか、誰を指しているのか」

「実際に泳いでみてどうだった？　ヒョータ」

これはリーダーの質問。

美食を頬張《ほおば》りながらの。

「僕達でも泳げそうな距離だったか？」

そんなわけないだろうと言いたくなる問いだったけれど、しかし生足くんがああも困憊していたのは、早く保健室に薬を届けるために、急いでいたからというのもあると思うと、意外と建設的な質問かもしれない。

相変わらずこのリーダー、芯を喰う。

それこそ、らしさを取り戻している。

ただでさえ運動神経に自信はなく、今は両目に、痛みの爆弾を抱えているわたしはともかく、他のメンバーは、みんなそれなりに体力はあるはずだし……、案外地元民は泳いで横断している湖なのかもしれないし……、だが生足くんの答は、

「ボク以外は無理だと思う」

だった。

滋賀県民でも？

「直線距離で換算するとほんの十キロ未満なんだけれど、プールで泳ぐのとはわけが違うからね。正直言って、ボクももう、二度とチャレンジしたくない」

十キロを『ほんの』と言えてしまう体力班が無理だと言うのであれば、それは本当に無理なのだろう……、最悪の場合、わたしを置いて、ひとまず五人で帰ってもらうという作戦もあったのだが、実行前におじゃんだった。

やっぱり生足くんひとりだけでも……、団長命令を出してもらえれば……。というのは、言ったら怒られそうなので、言いはしないけれど……、前みたいに筏《いかだ》を作って……、軍事兵器の隠《かく》れ蓑《みの》で覆い隠せば……、そううまくはいかないか。

いや、そうじゃない。

逃げることばかり考えてどうする。

わたし達は腹をくって、ここできっちり、胎教委員会と決着をつけるべきなのだ――でないと、本土に戻っても、それはそれで元の木阿弥《もくあみ》になりかねない。

「元の木阿弥、か。そうなれりゃあ、むしろいいくらいなんだがな」

と、不良くん。嫌そうに。

ん？　それはどういう意味？

むしろいいくらいって……、胎教委員会との不毛な争いを、たとえどういう形でも、延々と続けたいわけがないでしょう？

……続けたいの？

そんな地獄みたいなネバーランドを。

「そっか。その様子だと、眉美はまだ聞いてないんだな。あの不名誉委員長と俺達との、ディスカッションの流れって奴を」

「議論になってないだろうなってことは、聞くまでもなく察しがつくわよ。帰りたいわたし達と、帰したくない彼らとじゃあ、そりゃあ着地点の定めようがないもんね。でもでも、聞いて聞いて、不良くん。わたしには胎教委員会をぎゃふんと言わせるナイスアイディアが……」

「そのナイスアイディアを生き生きとプレゼンする前に、私に喋らせてもらってもいいでしょうか、眉美さん——なんにせよ、眉美さんとヒョータくん、それに、途中参加のソーサクくんにも、ここまでの校長室での議事録は、聞いておいてもらったほうがよいと思いますので」

お粥も食べ終えて、意気込んで語ろうとしたところで、先輩くんから水を差された。なんだよこいつと思うものの、確かにそれは、知っておくべき内容である——それに、そうでなくとも、久々に先輩くんのいい声を聞いてみたいという、純粋な期待（欲求）もあった。

「期待には応《こた》えられると思いますよ。たぶん、眉美さんの予想を上回る事態が、校長室では展開されていましたから。あるいは、下回る事態とも言えますが」

どちらにしても回るわけだ。

空回りじゃなきゃどちらでもいいけれど……。

「さすが、もったいつけますね。いつも以上に集中して拝聴させていただきますよ」

「光栄です。ならばこちらも、いつも以上の声色で」

ちりん、と。

わざとらしく首の鈴を鳴らしてから、

「東西東西――」

美声は語り始めた。

32　不毛な議事録

「東西東西。

「まずは議事録らしく、ディスカッションの出席者を紹介しましょうか――ご承知の通り、我々、美少年探偵団サイドからは、私とミチルくん、そしてリーダーの三名というのが、基本的な布陣でした。

「四日目となる今日からソーサクくんが助《すけ》っ人《と》に入ってくれたのは、眉美さんもご存知の通りです――初日から四人態勢で臨んでいれば、現状もまた違ったかもしれませんけれど、何事にも優先順位がありますからね。

「その点、自覚がないのは何よりですが、眉美さんが屋上で倒れられたときには、心拍も弱くなって、呼吸もほとんど止まり、本当に死んでしまうんじゃないかという危機だったのです――仮死状態と言っていいでしょう。

「いいでしょうと言うか、悪いでしょう。『見せてあげたかったですよ、誰が人工呼吸をするかを争う、我々の壮絶なじゃんけん大会を――『見せてあげたかった』というのは私としたことが不謹慎でしたね。『美声のナガヒロ』の失言でした。

「じゃんけん大会のほうがよっぽど不謹慎？

「いえいえ、もちろんみんなが人工呼吸したがってのじゃんけん大会に決まっていますよ。押し付け合いなわけがないじゃないですか。やれやれ、どうしてそんなことを思うのかがわかりません。

「仲間を信じてください。

「ともあれ、我々の中で眉美さんの身体について一番精通しているソーサクくんには、眉美さんに付きっ切りになってもらって――眉美さんはソーサクくんの専属モデルですからね――、その一方でヒョータくんには泳ぎ重視のトライアスロンに挑んでもらって、残る三名が、胎教委員会との交渉を担ったわけです。

「優先順位、ですね。

「この交渉自体、眉美さんのお陰《かげ》で実現したものであることも、議事録には強く明記しておきましょう。少なくとも、我々五人だけで島に乗り込んだときには、上げられなかった成果です。

「全員で議論の席につけなかったのは、いささか心許《こころもと》なかったのも本当ですが、しかし単純な人数で言うなら、たった三人でも、向こうよりも多かったのです。多数決なら我々の勝ちだったのですよ。

「胎教委員会からの出席者は二名でした。

「ひとりは、言うまでもなく胎教委員会のトップ——不名誉委員長であり、胎教学園の校長先生でもある、美作美作です。

「もうひとりは——気を持たせるまでもなく、想像はつくと思いますが……、眉美さんの政敵であり、こたびの依頼人でもあった、沃野禁止郎くんだったのです。

「そう自己紹介されたわけではありませんけれど、どうやら彼のこの学園における立場は、生徒ではなく教師——それも、教頭先生にあたるようですね。なんともかとも、世も末です。

「元々没個性だから、この学園に馴染《なじ》まず、均されなかったというのももちろんあるでしょうが、それ以上に、教師という肩書きを持っていたから、彼は自我を保《たも》てていたのかも知れませんね……、まあ、これは後知恵になりますし、そのお陰で、眉美さんが依頼を受け、我々を発見してくれたのだとも言えます。

「もっとも、我々の議論の相手は、あくまで校長先生であり、沃野くんは後ろに控《ひか》えて、ほとんど口を挟むことはありませんでした——生徒会長選挙の際も、立会演説会をあっさり放棄したことからわかるよう、彼はあまり、議論をするというタイプではありませんからね。

「つまり実質的には三対一、増援が駆けつけてくれてからは四対一という構成のディベートになりました。

「ええ、リーダー。

「その通りですね、これは美しいとは言えません——人数差で嵩にかかろうだなんて。ただ、ディスカッションが開始されたその時点では、眉美さんの治療方針が正しいかどうかも不確かだったわけで、眉美さんを本土の病院に届けるために、なりふり構っていられませんでした。

「卑怯《ひきょう》と言われても——どころか、醜《みにく》いとさえ言われても、人数に任せて、我々の主張を押し通すつもりでした。

「強引にと言うには、弱々しい押しでしたがね。

「しかし、冷静に考えてみれば、そう無茶な要求をしているわけではありません……、逆に言うと、私達としては、何よりもまず、眉美さんの身の安全が保証してもらえれば、それでよかったのですから。

「こちらの要望は、他にはありません。

「それ以外の点では、いくらでも妥協する準備がありました。あくまで短期的には、ですが……、なので、着地点は見出《みいだ》せると、楽観していたところがあります。最悪でも負けた振りをしてのいいところ取りはできるはず、と。

「誤算でした。

「胎教委員会の信念を甘く見ていたとも言えますね……、進歩的試みの失敗を隠蔽《いんぺい》するために、私達に口止めを求めるくらいのことは予想していましたし、私としましても、ひとまずそれに応じるつもりでいたのです。

「極論、ドクターヘリを呼んでいただき、ひとまず眉美さんだけは本土に輸送してもらって、私達は島に残るという奇策も用意していましたからね。

「五人全員が残るのでは、眉美さんが身体を張ってやってくれたことの意味がなくなってしまいますので、ひとりか、ふたり……、メンバーが人質として胎教学園に残れば、実際的な口封じの担保となったでしょう。

「あくまで緊急避難的な措置ですが、私達としては、何はともあれ、眉美さんの命の保証が欲しかった……、繰り返しになりますけれど、激しい発熱もありましたし、その当日は、私達も必死だったんですよ。

「死にそうだったのは眉美さんですが。

「いやまったく、ソーサクくんなんて、一時は墓石のデザインを始めたくらいでして――そんな冗談はともかく。

「けれど、ことは、私達の覚悟を超えてきました――胎教委員会、不名誉委員長、美作美作。

「数々の中学校を退廃に追い込んで来た彼の申し出は、単なる口止め、不祥事の隠蔽工作にとどまるものではなかったのです」

33　不毛な議事録2

「美作美作――美作校長は、聞けば眉美さんが、アーチェリー女学院へ潜入捜査していたときの、ルームメイトの祖父だったとか。

「ただ、その情報から予想していたよりは、いくらか若い印象でしたね――これまでの経歴や、委員長や校長という、責任ある立場についていることから、五十代であることは間違いないと思われるのですが、そのエネルギッシュな風貌《ふうぼう》からは四十代、下手をすれば三十代後半にも見えてしまいかねない男性でした。

「ご本人は『無責任者』を名乗っていましたがね……、渡された名刺にもそう書いてありましたし。いやはや、悪い冗談ですよ。

「印象としては、改革派で急進派の政治家といった様子でした——私が生徒会長時代に、相手取っていた指輪学園の職員室には、まずいなかったタイプですね。保守的で保身的な彼らとは、食べているものからして違いそうです。ミチルくん風に言うならですが——さすが、第二の教育委員会を率いるだけのことはあります。

「公平に言うなら、わかりやすい悪役ではありませんでしたね……、評価したくはないのですが、もしも出会いかたが違えば、あるいは好感を持ってしまっていたかもしれないくらいです。

「美作校長が頼れる大人に見えたから、胎教学園に転校してきたというエリート達も、少なからずいることでしょう——カリスマ性とは少し違う概念でしょうが、人を惹《ひ》きつけるオーラのある人物だと分析しました。

「三対一、四対一の卑怯な布陣と言ったものの、こちらが小中学生だという格差を考えれば、それでようやくハンデなしでもあるでしょうね……、彼我にあるのは単なる年齢的な格差でもなく、なめてかかられているなと感じましたよ。

「さもありなんです。

「こちらとしては、一度は無様なところを見せているわけですしね……、子供扱いも無理からぬところがありました。沃野くんからの依頼を成し遂げた眉美さんがその場にいれば、展開も違ったのかもしれませんし、また私達の無様自体が、あちらの失態でもあるので、どっちもどっちだとは思いますが、そんななすりつけ合いをしていても、埒《らち》が明きません。

「責任を認めない無責任者の責任逃れに、いつまでもだらだらと付き合っていられませんしね……、私は初手から、本題に入りました。

「胎教委員会としても、実験場であり、これからも違う形で使っていくつもりであろうこの野良間島で、いくらなんでも死人を出したくはないでしょうから、せいぜい渋《しぶ》る演技をする程度で、事実上の二つ返事が得られるはず……、という見込みが、大きく外れたことは既に言いましたね。

「私からの、最大限に譲歩した申し出に、美作校長は抜け抜けと、かつ白々《しらじら》しく、こう返答して来たのです――『もちろん瞳島さんには島から帰ってもらって構わないし、必要であれば、ドクターヘリでも気球でも飛行船でも、何でも呼ぼう。呼ばせてほしいと心から思っている』。

「『何ならきみ達五人も、母校に帰ってもらって構わない――先生はそれを止めたりしない、応援させてもらうよ』」

「ええ、はい、今のは声帯模写《もしゃ》です。

「眉美さん相手に披露するのは、長広舌より、こちらのほうがよっぽど久し振りでしたね……、『美声のナガヒロ』がするのですから、この通りの声色、この通りの口調、この通りの一人称だったと思っていただいて結構――なんと、一人称が、『先生』なんですよ。

「これも、悪い冗談ですね。政治家《せんせい》としても、教師《せんせい》としても。

「悪い冗談を続けますよ――『だけど先生から、きみ達にひとつだけお願いがあるんだ。もちろん、先生に言われるまでもなく、きみ達はそうするつもりだとわかっちゃいるんだが……』。

「嫌な前置きですよね。足元に地雷を置かれたような前置きです。

「『胎教委員会の退廃主義を打破するために、リスクを恐れずこの野良間島、この胎教学園に乗り込んできたきみ達なのだから、当然、自分達だけが本土に帰れればいいなんて、そんな身勝手なことは思っちゃいないだろう』。

「『先生にはわかっているよ』。

「『きっと先生ときみ達は、同じことを考えているだろうって――立場は違えど、願いはひとつのはずなんだ』。

「『だから先生は、心を鬼にして、きみ達美少年探偵団の依頼人になろう——どうかこの胎教学園に集められた他の生徒達も、全員、本土に帰してあげてくれたまえ』」

34　最後の依頼

「ん……、え？　帰してあげてくれって……、胎教委員会のトップが、そう依頼してきたんですか？」

沃野くんに続いて、不名誉委員長までが、美少年探偵団のクライアントに？　それは確かに、予想していなかった展開である——ディスカッションのありようが、根底から変わってしまう。

連中はなんでわたし達と戦ってくれないんだ？

決着をつけたくないのか？　遺恨を晴らしたく——

「意表を突かれたのは間違いないが、それだけが目的というわけでもないだろう」

と、天才児くんが言う……、会議に途中参加した彼ではあるけれど、ここまでの詳細は、まだ把握していなかったようだ。それだけわたしの看護に尽くしてくれていたということでもある……、しかも、この『美少年会議』においても多弁に振る舞ってくれようとは。

返す返すも、この一年生に頭が上がらないわたしである。

「うん。僕も意外だったよ」

そう受けたのはリーダーだった……、が、続く言葉のほうが意外だった。

「僕としたことが、美作校長に指摘されるまで、他の生徒をどうするかという点に頭が回っていなかったのは、失着だったと言うしかあるまい。眉美くんのことが第一なのは当たり前だとしても、自分達だけでなく、全校生徒を帰宅させるプランを練るのは、僕達の当然の義務だった」

「………………」

ああ、厄介なのは、むしろここか。

確かに、それはリーダーの言い出しそうなことではあった――『きみ達はそうするつもりだろうが』という、美作校長の嫌な前置きは、必ずしも議論を制するためのレトリックであるばかりではない。

本当にそうなのだ。

つまり、無理難題を押しつけられたことが問題なのではなく、我らがリーダーが、その無理難題に共感してしまったことが問題だった。

そういう意味では、誰よりもその席に出席するべきではなかったのは、感情的になるわたしでも、体力班の生足くんでも、沈黙の天才児くんでもなく、現在女装中の『美学のマナブ』だったと言える。

全校生徒を救う。

こんな美学を提示されて、黙っていられるリーダーじゃない……、だからと言って、そんなトップ会談に、団長が欠席するわけにもいかないし……、その点では、会合を設けた時点で、状況は詰んでいたと言える。

それも元々はわたしの提案か……。

まあ問題の本質は、リーダーの決定には誰も逆《さか》らおうとしない、美少年探偵団の抱える気風にあるとも言えるが……、ここに来てその初期設定が、わたし達自身を苦しめることになろうとは。

真の敵は自分というわけか。

「整理すると、最悪でもわたしだけを本土に帰すための交渉をしていたはずなのに、いつの間にか、この五重塔学園の全校生徒が一緒でないと、帰れなくなっちゃったってこと?」

とんだゼロトレランスである。

ないのは寛容ではなく容赦だ。

一方で、倫理的にも突っぱねにくいのは事実だった……、痛いところを突かれたという感覚がある。具体的には目突きを喰らった気分だ。わたしにしたって、五人の仲間は助けたのに、他の生徒は見捨てるのかと言われたら、反論はしづらい。

だからと言って黙ってもいられないが――

「あのー、意見、いいかな？」

そこで、生足くんが挙手――否、挙足をしてから、

「それって、そんなに難しいことなの？」

と、素で不思議そうに、疑問を呈《てい》した。

「だって、もう一度はやっていることじゃない。眉美ちゃんがボク達を見つけてくれたのと同じように、他のみんなも、それぞれに『発見』してあげたらいいだけのことじゃないの？　自我を取り戻してもらって、正気に返れば、多少バツの悪い思いはするにしても、みんなそれぞれに、おうちに帰るでしょ？」

「そう単純な話でもないのですよ。ねえ、ミチルくん？」

「俺に振るなよ。俺も聞いてただけで、議論にはほとんど参加してねーしな――リーダー

が美作校長と意気投合してからは特に」

意気投合って……。

まあ、元々『敵対する』ってタイプじゃないからな、うちのリーダーは……、いいアイディアを出されたら、それが誰が出したものであれ、すんなり受け入れてしまう傾向はある。

誰からでも美点を見出す。

その姿勢を否定したら、美少年探偵団自体がなりたたない……、わたしだけでなく、きっと全メンバーが、そうやって集められた団員なのだから。

とは言え……。

「眉美のやったことだって、そう単純でもないしな――当人に『視線を感じさせる』ってあれは、誰にでもできることじゃねーだろ」

「ですね。実行に手間がかかることは間違いありません。他の方法を模索したほうが早いくらいに。そして、できたとしても――なのですよ」

と、先輩くんは、不良くんから返ってきたボールを引き継ぐ。

「仮に、全校生徒を我に返すことができたとしても――彼ら彼女らには、もう、帰る場所がないんです」

「帰る場所が――ない？」

「バツの悪い思いくらいならいくらでもしますが、我々としても、実際、他人事《ひとごと》ではないのですよ。そこでお尋ねしたいのですが、眉美さん――今現在の指輪学園に、私達五人の居場所はありましたか？」

そこは今も。

帰るべき場所でしょうか？

35　帰る場所

うっ……、と、言葉に詰まった。

詰まったと言うより失った、絶句したと言っていい――ちょっと、それ訊いちゃう？って感じ……、ただ、先輩くんからのその質問が、思いも寄らぬものだったから絶句したのかと言えば、少し違う。

むしろかなり早い段階から――もしかすると五重塔学園のただならぬ実態を知る前から、もっと言えば、野良間島に入島する更に前から、その疑問はわたしの脳裏にこびりついていた。

しかし、その疑問に、わたしが答えることになろうとは。

居場所はあるのか――帰る場所はあるのか。

要点だけ言ってしまえば、わたしがアーチェリー女学院への潜入捜査から戻った指輪学園は、五人の美少年なしでも、完全に成り立っていた。五人が（正確を期すと、小五郎のリーダーを除いて、四人が）いた頃には、彼らなくしてはとても考えられない構成の中学校だったと言うのに、元生徒会長がいなくとも、長縄《ながなわ》さんの器量だけで生徒会は機能していたし、番長がいなくとも、髪飾中学校との抗争が劇的に悪化するようなことはなかったし、陸上部のエースがいなくとも、女子が黒ストを穿《は》かなくなったくらいで、たぶん他の部員がエースになったのだろうし、芸術家肌の御曹司がいなくとも、運営に支障を来すようなことはなかった。

あれほど勝手に改造されていた美術室が、元通りに修復されたことに、誰も気付いていなかった――突出した美少年達がいなくなったら、いなくなったなりに、学園生活は成立していた。

それが悪質だというわけではない。何の法にも触れていない。

平常化されたとさえ言える、なんだったら。

指輪学園の生徒達は、冷たくさえないだろう――たとえるなら、『転校してもずっと仲良しでいようね』と誓い合った友達と、いったいいつまでペンパルでいられるかという命題だ。

遠距離恋愛について語るほど、わたしの人生経験は豊富じゃあないけれど、その場にいない人間のことを思い続けるのに、どれだけの労力を要するか……、それに、盛んに『なんとかロス』なんて言うけれど、誰であれ、いなくなったらいなくなったで、なんとかなっちゃうのも、現実である。

ロスはロスで、忘れられ、失われる。

言葉のように。

わたしがそんな、わかりきった『なんとかなっちゃう現実』を直視しなかったのは、言うまでもなくわたしなりの事情があったからだけれど……、指輪学園の全員にそれを求めるのは、いくらなんでも無茶が過ぎる。

むしろ、学園の基盤を明に暗に支えていたと言える美少年ズなしでもしっかりやっていけている彼らを、褒《ほ》め称《たた》えるべきである……、犯罪集団と手を結び、潜水艦にまで乗り込んだわたしなんかよりも、よっぽど立派だ。

裏街道まっしぐらのわたしなんかよりも。

だがしかし、それはそれとして……、つまり、失ったものを既に補い終えた指輪学園

ないのだ。

が、我らが美少年探偵団の凱旋《がいせん》を待ち望んでいるかと言うと、そこは静かに首を振るしかない。

わたしの聞き取りの結果を鑑《かんが》みれば、もはや最初からいなかった存在として扱われている……、誰それ？　というリアクションが、大半を占めていた。

そんな場所に、帰還？　今更？　わたしが深く考えないようにしていた理由は、これでわかってもらえたと思う……、深く考えれば深く考えるほど深みにはまるようで、捜索のモチベーションにかかわる。

わたしが数週間アーチェリー女学院に遠征していたとき、それでも指輪学園に戻れば、それなりにお帰りを言ってもらえた――わたしのようなものでもだ。寂しかったよー、なんて社交辞令もいただいた。

帰ったときにお帰りを言われないのは辛いぞ。

何しに来たの、とか、いらっしゃい、とか言われちゃったりして――転校生のあるあるなたとえを続ければ、お別れ会までやってもらったのに転校がキャンセルになった、みたいな奴じゃないか。

そして……、こう言っちゃあなんだが、なまじそれぞれの分野で、幅を利かせていた美少年ズだけに、居場所がない場所に戻ったら、必要以上に邪険にされてしまう恐れすらある。

　面倒なOBみたいに。

　ようやくあなたがた抜きでもやっていけるようになったのに、のこのこ出戻られても困りますよ――なんて、そんな風に。

　手放せないんですか？　既得権益を――既に失ったと言うのに。

「出戻りっつーか、都落ちだわな。表面上の出来事をなぞれば、俺達は全国から選りすぐりの才能が集められたエリート校に転校していったのに、あっという間に挫折《ざせつ》して、すぐに戻ってきたわけだから」

　不良くんが肩を竦《すく》めた――動作が見えたわけじゃないが、鈴の音からして、あとは彼の性格からして、ここでは肩を竦めただろう。

　竦めたくもなる。わたしなら身が竦む。

「そんな落ちぶれた奴に偉ぶられたくないと、追放運動が起こりかねねーぜ。みっともなく、過去の栄光を求めているみたいに思われてよ。望まれてもねーのに2が始まった、昔の漫画かよ」

　きつめの言葉選びは、不良くん自身が、そういう偉ぶった姿勢を嫌っているからだろう――どの面下げて帰ればいいいんだと、一番思っているのが、メンツにこだわる不良くんかもしれない。

番長だもんな。

どの面と言っても、その美少年面を下げるしかないわけだが……。

「そんなこと言っちゃ駄目だよ、ミチル。いざボク達が2を始めるときに、若干気まずくなるじゃないか」

「若干じゃ済まないでしょ」

ざまあかんかんの極みだ。

堂々完結と謳《うた》うのがいいのか、第一部完とぼかすのがいいのか、そこはそこはかとなく悩ましいところである……、そしてこれは、我らが美少年探偵団だけの問題では、もちろんない。五重塔学園——胎教学園の全校生徒、全エリートが、ひとりの例外もなく抱えてしまった、恐るべき出戻り問題である。

わたしが編み出した方法で——あるいはその類似パターンで、彼ら彼女らを正気に戻すところまでは、そりゃあ時間をかければできるかもしれない。むしろいい加減でいきあたりばったりな眉美スタイルをソフィスティケートして、要領よく『発見』する方法を編み出せれば、もっと短時間で終わるかも……、ともかく、彼らを彼らと、彼女らを彼女らとして見られる人材さえいれば、平均化の縛りは崩壊する。

特別視。

ありふれた言いかたにはなるものの、どんな平凡な誰かでも、誰かにとっては特別な誰かなのだということは、証明できる。

だが、今度はそんな特別な誰か達であるからこそ、今更元通りの場所に戻るのは、困難になってしまうのだ——帰る場所がない。そんな五重塔学園の特別なる面々と、島から帰るのならば一緒に帰ってくれという、これは、胎教委員会からの依頼なのだ……、いやはや、なんて根性の悪い依頼だろう？

帰るな、と言うのではなく、どうぞお帰りくださいと言いながら、わたし達の背中に重荷を載っけてきた——隠蔽工作のための口止めをされるかもなんて、思えばなんて楽観的な不安だったのだろう。

なんてお持たせだ。

口止めどころか、自分達の失態の事後処理、不祥事の解決までを押しつける、驚異の図々《ずうずう》しさである。

正真正銘の無責任者であり、不名誉委員長。

まあ、それができる人だから、その肩書きを獲得したのだとも言えそうだけれど……、その上わたし達は、この依頼を、断れない。

意識させられてしまった以上は――それが『身勝手』だと意識させられてしまった以上は。

自分達だけ帰ろうなんて、美しくない。

醜くてもいいとは、ここでは言えない。

「帰る場所を失ったのは俺達も同じことだしな。まゆが意識不明のままだったなら、別の選択肢も取り得たが……」

「わたしが意識を取り戻したことをアンラッキーみたいに言わないで、天才児くん。あとみんなの前でまゆって呼ぶのは、本当にやめて。二人きりのときだけにして」

「だけどよー、まゆ」

「不良くん、貴様はどんな場合でもまゆと呼ぶな」

「現実問題、できることとできないことがあるぜ――誰にでもできることじゃねーことと、誰にもできないことがあるぜ。全校生徒を救えだなんて、結局これは、俺達に無理難題を押しつけることで、島に縛り付けようっていう、大人の算段だろ？」

その通り――なのだろうか？

純粋無垢《むく》で天真爛漫《てんしんらんまん》なリーダーに、実現不可能な依頼をすること自体が目的で、美作校長も、まさか本当に美少年探偵団が、野良間島で起きている如何《いかん》ともしがたい事態を収拾できるだなんて思っているはずがない――のだろうか？

まあ、そうに違いない。

まさか本気で、たった六人の私達がこんな、教育史に残るような恥ずべき大失敗を、見事解決できると信じて依頼しているわけではなかろう……、なにせ、全国から十代のエリートを強引な手法で招集しておきながら、その全員を凡人にしてしまい、挙句、帰る場所まで奪ったというのだから――十年後、二十年後に、リアルに国が傾きかねない愚行の解決を、孫と同じ世代の子供達に、本気で委《ゆだ》ねるなんてどうかしている。

まったく、国ごと退廃させてどうするんだっての。

ただ、期待されていないからやらないというのも、それもなんだか、ちょっと違うんじゃないか？

期待されているから期待通りにやるというのも、わたし達じゃないだろう。

わたし自身、初めて美少年探偵団と接点を持ち、依頼人としてかかわったとき……、まさか彼らが、わたしがわたしの視力をもってしても、十年かけても見つけられなかった暗黒星を、見つけてくれるなんて、期待していたわけじゃない。

むしろ、胎教委員会とどっこいどっこいなくらいに、意地の悪い思惑があった……、この虫の好かない美形どもに無理難題の悩み相談を押しつけて、返答に困らせてやれというクズな気持ちが、そのときはなかったとは言えない。

そんなわたしが、今や美少年探偵団の一員だ。

虫の好かない美形どもの仲間だ。

つまり、何が言いたいかと言うと。

「美作校長が、できるわけないって思って依頼しているんだとしたら、だからこそ、解決する意味があるんじゃなくて？　不良くん。そして皆さん」

「『そして皆さん』が腹が立ちますが、まあ聞きましょう。どういうことですか、眉美さん？」

「十四歳の誕生日から、皆さんと関わるようになって、わたしは少しは、マシな人間になれたって思っているわ」

男装したりバニーガールになったり、『少しマシ』どころか、『かなり変』な人間になったような気もするけれど、それでも瞳島眉美は、瞳島眉美以上になった。

「精神的にはとっくに退廃していたと言ってもいい、あの瞳島眉美がね。だからこそ、この無理難題を解決して、全校生徒を救うことができれば——牙城《がじょう》を崩すとまではいかなくとも、美作校長の退廃的な価値観を、胎教委員会の選別的な方針を、ほんのちょっぴりは変えることができるんじゃなくて？」

大人の考えかたを変えようなんて、子供っぽいと笑われるだろうか——だけど、そう。
だからわたし達は少年なんだ。

36　リーダーとの

十年間追い続けた暗黒星の正体が撃ち落とされた軍事衛星だったと知ったとき、よくも悪くも、わたしの人生にこれ以上はないと確信したものだけれど、今から思えば、とんだ勘違いだったわけだ。

まさかわたしが国家を救おうとはね。

しかも『なんでもいいから好きなようにアイディアを出して欲しい』という、考え得る限り最悪の発注。小休止タイムが終わって、リーダーと先輩くん、不良くんと天才児くんは、再び校長室へと赴いて行った——当然わたしもそれに同行するつもりだったのだが、美少年探偵団の良識派である不良くんからドクターストップならぬアウトローストップがかかった。

「少しは死にかけたって自覚を持て。本気で全校生徒を救おうと思うなら、まず自分を救えってんだ。おたまでも貸してやろうか？」

「そうですね。私達が校長室で時間を稼いでいる間に、眉美さんには保健室で、全校生徒の救出プランを練っていただきましょう」

ライバル関係にあるふたりに結託され、調理器具ジョークまで挟まれては、すごすご引っ込まざるを得なかった――ついでと言ってはなんだが、生足くんも保健室送りになった。

回復したように見えても、往復遠泳のダメージは、彼の美脚に積み重なっていたらしく……、臨時医療班の天才児くんいわく、わたしをおんぶしたのがダメ押しになったそうだが……、ともかく、短期的に見れば、わたしよりも生足くんのほうが、治療が必要なコンディションらしい。

まさか目の見えないわたしのほうが、生足くんの看護をする形になろうとは――つくづく、世の中って不思議だよ。さりとて、陸上部のエースを、こんなところで潰《つぶ》してしまうわけにもいかない……、たとえその陸上部に、帰る場所があろうとなかろうと、走るレーンがあろうとなかろうと、だ。

誰がなんと言おうと、生足くんの美脚は人類の宝だ。

それに、先輩くんの言葉も、必ずしもわたしの会議出席を妨げるための、強制休養を取らせることを目的とした建前じゃない……、言い出しっぺなのだから、わたしは考えねばならない。五重塔学園の全校生徒を、そして日本の未来を救うプランを……、まあ、こう言っちゃあ身も蓋もないけれど、考えることがあるのは助かるかな。

思考を一点に集中するので、余計なことを考えずに済む。

この場合、余計なこととは、わたしの目が今後、一生見えないという深刻な問題なのだけれど……、私事よりも、エリートを救出するとか、国家に貢献するとかを優先するだなんて、本当にわたしも変わった。

人は変われる——大人も変われるだろうか？

わたしの思いつきに、またもやみんなを巻き込む展開になったけれど——さておき、身体中に湿布を貼って、さっきまでわたしが着ていた患者衣に着替えさせた生足くんを、保健室のベッドに寝かしつけたわたしが、そのまま慎ましやかに過ごすはずもない。

置き手紙を残して、ちょっとそこらにお出かけをすることにした——これだけみんなに世話を焼いてもらっておいてとっても贅沢《ぜいたく》な話だけれど、少しだけひとりになりたくなったのだ。

思案投げ首をするなら尚更である。

とは言え、正気に戻った美少年探偵団以外の生徒達が校舎内にわんさかいるわけで、保健室を出たからと言って、なかなか人目は避けられない……、迷った末に、わたしは校舎の屋上に向かうことにした。

自分が失明し、証言によると命さえ落としかけたトラウマ的な因縁の場所を、こんな短いスパンで再訪するなんて、我ながらどうかしているけれど、そういう場所だからこそ、ひとりになれるとも言える。

まさか美少年達も、わたしが屋上に逃げたとは思うまい……、くっくっく、GPSつきの子供ケータイは持ってきていないし、仮に持っていても、位置情報では高度までは特定できない。

こんな風な逃げ隠れも、思えば懐かしい……、追うよりも追われるほうが性に合っているなんて、そんなつもりはないにしても。

もっと苦戦するかと思っていたけれど、屋上までの道程は、意外と身体が覚えていた。新築の木造校舎がバリアフリーに対応しているというのも手伝って、いったん記憶にある階段まで辿《たど》り着《つ》けば、あとは手すりを伝っていくだけだった。

今後のわたしは、こんな小さな『なんとかなる』を積み重ねていくのだろう――さて、しかし実際のところ、どうしたものかな。

わたしは風を浴びながら考える。

こんなんでもない風ひとつにも、風力や風向、香りや湿度など、膨大な情報が含まれていることをひしひしと感じながら――これまでもわたしは、美少年探偵団において、けったいな状況で、けったいな案を出す役割を担ってきたけれど、今回こそが正真正銘、一番の難題であることは間違いない。

難題も難題、無理難題である。

帰る場所。自分の居場所。

そんなセンシティブなことはいちいち気にせず、ごちゃごちゃごねてないでひとまず元いた学校に戻ればいいじゃないかと、心ないことも、言って言えなくはないのだけれど……（『なんとかなる』）、それでは胎教委員会の姿勢は変わるまいし、すべてを諦《あきら》めた、最後の手段だ。

だけど禁じ手とまでは言えない。

どういう形であれ、親は、子供に、戻ってきて欲しいと思うんじゃないか……？　十年以上にわたって、親に心配をかけ続けた放蕩娘《ほうとうむすめ》で、今は若干ネグレクトされているわたしの台詞《せりふ》じゃあないけれど、学校に帰る場所はなくっても、家庭にはあるんじゃないかと思うし。

ただし、想像を絶する。

エリートとして、学内で幅を利かせていた生徒にとって、その立場から没落するという感覚がどういうものなのか、わたしには本当にわからない……、すべてを失ったみたいな気持ちになるのだろうとは思うが、これも所詮は想像でしかない。

美少年探偵団の面々は、誰ひとりそんな不安を口にしていないが……、今回の件で、彼らの自信はどの程度揺らいでいるのだろう？　自信は、そして自己は。わたしは視力を喪失したが、帰る場所を失ったわけではない……、その意味では、手負いのわたしだけが客観的になれる。穏《おだ》やかなようでいてプライドの高い先輩くんが時間稼ぎに徹してくれるのは、そういう事情もあってなのだ。

でも、無茶振りであることに違いはなく――そもそも、プランニングも何も、眼球に麻酔の効いている身で、その他にも諸々薬漬けの身で、脳がどれだけ働いてくれるかな。

この上、屋上で眠ってしまって、風邪を引いたなんてことになったら、不良くんからどんな病人食を振る舞われることになるか、わかったもんじゃない――生姜《しょうが》や葱《ねぎ》を生で食べさせられるのでは？　まあ、深呼吸して、新鮮な酸素をたっぷり吸い込んでさっぱりするために、屋上に出てきたというのも、一応はあるんだけれど。

しかし、雲をつかむような感覚を通り越して、まるで見えない星でも探しているかのようだ……、まだまだ昼間で、ぜんぜん星の輝く時間じゃあないだろうけれど、しかしまあ、昼間だからって、空に星が存在しないってわけじゃない……。

見えないだけで、そこにある。

輝いている。

……星と言えば、麗《れい》さんから出された宿題を、すっかり棚上げにしていたな。宇宙飛行士への誘いってあれ……、遠からず失明することが決定しているからという言い訳みたいな答では、断り切れなかったスカウティング。

あれはあれで、確定的な未来の話をしているつもりだったけれど、失明が、確定的な現在になった今、しかし、もう取り組むまでもない宿題になった——とも、決して言えないんだろうな。

失明したという理由では、断れない。

断れないし、諦められない。

夢を追うことは美しい。だが、夢を諦めることも、また同様に美しい——そんな風に、わたしは言ってもらったんだっけ——

「やあやあ、眉美くん！　やはりここだったか。きみは本当に屋上が好きだねえ！」

「…………」

ひとりにしてもらえないね。

見えなくても誰が階段を登ってきたのかわかる、ラ音のフラットと共に登場した、トラウマという概念を知らない小五郎相手じゃ、尚一層だ——しかし、校長室での時間稼ぎはどうしたの？

「はっはっは、美少年探偵団の代表者として、ディスカッションを担っているのはナガヒロだからね！　実際、僕なんてお飾りだよ。ロリコンでさえなければ、美少年探偵団の頭脳は、最初からあいつみたいなものだ！」

「そんな悲しい病巣を抱えた頭脳、嫌だよ」

「ましてミチルとソーサクが両脇を固めているのだから、僕が校長室を抜け出したところで誰も気付かないさ！」

と、快活に言ってリーダーは、わたしの隣に並んだ。

まあまあ、先輩くん的には、美作校長の露悪的なまでに偽善的なプランに感化されやすいリーダーは、場を外してくれたほうが助かるというのが本音かもしれないけれど……、それでも、お飾りであろうと学がなかろうと、まぎれもなく団長である双頭院学が、会合の場から席を外すと言うのは、のちに禍根を残しそうだが……。

つまり、その禍根を重々承知した上でも、リーダーはわたしに会いに来たってわけか——むしろひとりになったところを狙《ねら》われた感じかな？　何も考えていないようでいて、たまにずばっと鋭いんだ、うちのボスは——わたしが好きで屋上にいるのだと、無邪気にそう信じている彼は。

「でも、申し訳ないけど、リーダー。まだわたし、何も思いついてないんだよ？　とっかりさえつかめていない感じで、もう既に、あの発言を取り消したいと考えているくらいで」

「またまたあ。とぼけるじゃないか、眉美くん。思いつかないどころか、眉美くんは、ナガヒロの議事録の朗読を聞く前から、この胎教学園の全校生徒を救おうと決意していたように、僕は感じたよ？　ナイスアイディアがあると言っていたじゃないか」

「……あはは」

鋭いなあ、マジで。

それを見抜けるリーダーの、どこがお飾りなんだ……、いや、正確じゃあないんだけれど、そんな腹案があったことは、その通りである。

胎教委員会と美少年探偵団の交渉がうまくいっていない、三日三晩にわたって空転しまくっていると聞いたとき、生足くんに運んでもらってまで横入りさせようとしたのが、実のところ、そんなようなプランだった。

ナイスアイディアは格好つけ過ぎだったが。

曖昧なことを言って誤魔化さずにちゃんと説明すると、隠蔽工作の口封じで、わたし達を本土へ帰すまいとしているであろう胎教委員会に対して、だったらあなた達の不祥事自体を、我々が解決しましょうと、大上段からそんな見得《みえ》を切るつもりだった——むろん、その先のプランがあったわけじゃないので、はったりが八割である。

はりもはったり、はりきったり。

けれどそれで、膠着《こうちゃく》したディベートを、動かせるはずだった——相手に先手を打たれない限りにおいては、だ。

まして、実験失敗の解決のみならず、全校生徒を帰還させるなんて依頼をされたのは、完全に想定外である。

「でも、リーダー。これって悪いことばっかりじゃないと思うのよ。だって、わたしの考えと、美作校長の考えがほぼほぼ一致していたということは、つまりわたしと不名誉委員長は、思考のパターンが似ているってこと……、だったら、美少年探偵団の活躍に、おじいちゃんが胸を打たれる可能性は、決して絵空事じゃないってことだもの」

敵の首領に改心してもらおうなんて、虫のいい期待ではあるけれど、わたしという先例があるのならば、その期待値は決してゼロではない。

「どうかな。僕は眉美くんと、美作校長が似ているとは思わなかったよ」

「空気を読まない否定……」

「眉美くんは不名誉でもないし、無責任でもないさ。今も昔も変わらず、美少年探偵団の『美観のマユミ』だ」

それも知覚同様に、変わったんじゃなく、元々きみは、そういう人間だったのさ——そう言われて、喜んでいいのか、励《はげ》まされていいのか、わたしはよくわからない気持ちになった。

今だけは、わたしができる限り退廃したクズでなければ、胎教委員会の思想をトレースできないという事情もあるし……、自分で変わったと思っているのに、変わってないよと言われると、やっぱり『ん？』とは思うよね。

まあ変わるっていうのも、一概にいいことばっかりじゃないから——ああ、そうだ。ここまでタイミングがなくて言いそびれていたけれど、双頭院くんにひとつ、謝罪しないといけないことがある。

「ごめん、リーダー。みんなを探すためのリサーチの最中、リーダーのお兄さんに会いに行っちゃった」

「ん？　別に構わないよ？　謝るようなことじゃないだろう。兄貴は美少年探偵団の創設者なのだから関係者でもあるし、守秘義務を破ったことにもなるまい。そもそも美少年探偵団に守秘義務はないしね」

依頼人のほうに守秘義務が課されるんだよね。

ただまあ、ただ会いに行って話を聞いただけじゃなく、かなり失礼な態度を取ったと言うか……、ぶっちゃけ、脅して情報を得たところがあるので、さすがのわたしも反省したい。

「そうかい。しかし、兄貴は僕のことを覚えていたかい。てっきり忘れているかと思っていたから、意外だよ」

「意外って——それは、家族なんだから」

指輪学園の、他の生徒みたいには——と、言いかけたが、しかし、家庭には帰る場所があるはずというわたしの『最後の手段』も、思えば希望的観測である。そもそも、双頭院踊《おど》さんのことを、今このタイミングで閃《ひらめ》いたのは、『変わるのもいいことばかりではない』と思った際の連想である……、今の踊さんは、美少年探偵団の創設者だった頃の踊さんではないのだ。

変わってしまった——大人になった。

それを『いいことばかりではない』と捉《とら》えるのも、あくまで子供側からの意見なんだろうが……、踊さんのほうから見れば、間違いなくわたしは、『今も昔も』『変わっていない』。

変わっているとしたら、悪化している。

懲りない奴だ。

踊さんの忠告を無視しまくって、しまいには失明してしまっているんだから——うーん、でも、『特別な人間』に関するあの人の持論には、聞くべきところが確かにあったんだよな。

特に、この五重塔学園においては——

「僕もいつかは、兄貴のようになる。だからと言って、今を楽しまないのはおかしいだろう——そんなのは、いつか死ぬから今死のうと言っているのと同じだ。叶《かな》わない夢なら、見るまでもないと言っているのと同じだ——眉美くんだって、どうせ諦めるんだったら、いっそ夢なんて見ないほうがよかったとは思わないだろう?」

「……そうだね。もちろん、そうだ」

いずれ大人になるんだから少年時代なんていらない、いつかは玄冬の季節を迎えるのだから青春なんてまっぴらだと言う子供がいたら、そんな奴は大人にはなれないし、年寄りにもなれないだろう。

だからわたしは、思いつかなくても考え続けるし、諦めた後でも、夢を見る。

「ねえ、リーダー」

「なんだい、眉美くん」

「用があってわたしを探し当ててくれたんだと思うけれど、先にこっちの用を済まさせてもらってもいいかな？　これは救国の件とは関係なく、みんなにおのおの、一人ずつお願いしたいと企てていたことなんだよ」

「構わないとも。眉美くんの企て、是が非でも乗ってみたいね。なんだい？」

「お顔、触らせてもらっていい？」

口にしてから、やっぱりこれって、ちょっと変態的な要求かもしれないと、自分が赤面するのを感じた……、ほっぺたが、眼球よりも熱を持つ。あれだけ生足くんの生足をべたべた触っているんだから今更のことだと思っていたのだけれど、ある意味ではこっちのほうが極まっている。

美少年のご尊顔を撫でようだなんて。

なんて恐れ多い、と、慌てて撤回しようとしたわたしだったが、

「どうぞ。好きなだけ」

と、正面に回った双頭院くんは、わたしの両手を取って、自分の頭部へと導いた……、おいおい、好きなだけ、とか言われたら。

日が暮れるまで触りまくっちゃうよ？

大好きなんだから。

「う……、ちょっとこれ、本当に、やばいな……」

ものすごくいけないことをしている気分。

これでは先輩くんの小児愛を、金輪際責められなくなる……、リーダーのほっぺたの柔らかさ、同時に感じる頬肉と、その下の、たぶん乳歯混じりの歯並び。しっとりしたぬくもり、あたたかな血の巡り、わたしの両手にすっぽりと収まってしまうような、頭の小ささ。指に絡み、向こうから巻き付いてくるかのような髪の毛、額の辺りにかすかに感じるにこ毛、整った眉、ちくりと刺さる長い睫毛《まつげ》。拍手のようなまばたきの動作、可愛く震える眼球運動、すらっとした鼻筋に薄い唇《くちびる》、小指にくすぐったく引っかかる耳たぶ、顎《あご》の裏の弾力あるくにくに。

美の造形。

どうして嫌いだったのか、わからなくなる——日暮れまでと言わず、一生触っていられそうだ。

……一生は無理か。

この離れがたい美しさも、いつかは失われるものなのだ、わたしの視力同様に——視力を失ったからこそ、こんな風に美少年を感じられるのだなんて、そう前向きなことは思えないにしても。

　それでも今は、視覚以外のすべてで、双頭院くんを感じたかった。

「に、匂いを嗅《か》いでもいい？　ちょっとだけ舐めても？　その、いかがわしい意味じゃなくて」

「いいとも。マイプレジャーだ。他には？」

　その安請け合い、それこそ彼が大人になって、自分がこの日何をされたか気付いたときに、訴えられかねないことをしているような背徳感が伴ってきたが……、わたしはその間もたゆまず双頭院くんの顔の凹凸をさわさわしながら、

「このままの距離で、声を聞かせてくれる？　わたしに用……って言うか、何か訊きたいことがあったんでしょう？」

　と、熱に浮かされたように促《うなが》した。

　だけどリーダーは、ここでは「ああ、それはもういいんだ」と、つれなかった。

「その用件は、これでもう済んだようなものだから」

「？」

　まさか双頭院くんのほうからも、お顔を触らせてくれようとしていたのだろうか？　いやいや、まさかそんな、だとしたら……、ああ、リーダーが喋るたびに動く口元の感触

が、手のひらにこそばゆい。

「だから眉美くん、この島から帰ったあとのことを話そうか。胎教委員会との対決を終えて、指輪学園に帰ったら、まず何をしたい？」

「あー……、まずは、何を措《お》いても美術室の復元かな？　復元って言うか、再構築って言うか……、知らないと思うけれど、みんながいなくなってから、すっかり、普通の美術室に戻されてて……、あれこれ文句ばっかり言ってたけれど、やっぱり、こわ子《こ》先生から受け継いだあの美術室は、豪奢《ごうしゃ》に装飾された、美術館のようでないと」

「そうだね。それが第一だ」

「リーダーは？　その次に、何をしたい？」

「僕は」

リーダーは言った。

わたしはその声を聞いた。

「お別れ会の準備かな。我らの探偵事務所であるその美術室にみんなで集まって、美少年探偵団最後の任務を終えた眉美くんを、将来へと盛大に送り出したい」

僕達と違って、きみに必要なのは。

帰る場所じゃなく、向かう場所なのだから。

37　前夜

リーダーが会議を抜け出して、屋上で策を練るわたしに会いに来たのは、以前、ここと は違う他の屋上で、わたしが美少年探偵団からの退団を宣言したときから、心変わりはな いのかを問うためだったのだと言う。

その質問は、結局されなかったわけだけれど、しかし、もしもされていたと仮定して、 もしも正確に答えるなら、うん、確かに、心変わりはあった。決心に変わりはなかったと 言えば嘘になる。

アーチェリー女学院への潜入任務を最後の仕事にしようとしたわたしの決断は、明らか に勇み足だった――恐るべきM計画を食い止めるという任務を果たして指輪学園に凱旋し たときには、もうしばらくの間、美しく、少年のように、探偵を続けようと、気持ちを覆 していた。

チームでいようと。

ただし、そのときから更に状況は変化した。劇的に激変した。

五人の美少年は攫《さら》われ、美点を失っていて、彼らを発見するために、わたしもまた、

『美観』を喪失した……、それはもう、取り戻すことができない。

だから辞めるってわけじゃないよ？

でもまあ、きっかけにはなったと思う……、いつまでも少年ではいられないし、まして美少年ではいられない——リーダーはああ言ってくれたけれど、やっぱり、わたしは変わったのだと思う。

彼らとの交流を通じて。活動を通じて。

自分よりも弱い人の力になりたいと思うような気持ちくらいは、最初からあった……、それがいつの間にか、性格の悪いクズでも救いたいと思うようになった。

今は、自分よりも優れた人達でも、助けたいと思っている——そんな変化が、もしも成長であるのだとすれば、巣立ちのときは、今をおいて他にないだろう。巣立ちではなく旅立ちと言うべきか。ここは巣ではなく、止まり木だったのだから。

羽はもう、十分に休めた。

そんな思いが、進化の仕様によっては翼だったであろうわたしの両手から、語らずして双頭院くんに伝わってしまった——そりゃそうだ、こっちが見ているときには、向こうも見られていると感じるように、この手で相手に触れていれば、向こうからも、手のひらを撫でられているようなものだ。

別離の前に、もう目視することのできないメンバー全員の肌触りを感じて、しっかり覚えておきたいという気持ちが、そのまま伝わってしまったのだとしたら、そんな恥辱もないけれど……、しかし言葉にできることでもない。

言葉はいらなかった。

というわけで、それからのことを簡単に記そう——できるだけ感情を込めずに、無機質な箇条書きみたいに。感傷的になりたくないのはわかるでしょ？

校長室に戻っていったリーダーと入れ替わりに、屋上に不良くんがやってきた——わたしを保健室に送り返すために。ほぼ護送みたいな扱いで。しっかり情報が共有されていて、逃げ道を塞《ふさ》がれてしまった……、つくづくひとりにはなれない。しかしまあ、折角なので、保健室に連行される前に、調理実習室に寄ってもらって、料理のひとつでも教わっておくことにした。基本的に厨房《ちゅうぼう》を独《ひと》り占《じ》めしたがる傾向のある不良くんなのだが、晩餐《ばんさん》の下ごしらえのついでだと言って、ひとつだけレシピを開示してくれた。

カレーライスである。

「目が見えないのに火とか包丁とか、危なくない？」

「見えてても危ないから心配すんな。できることを増やしていこうという心がけは大したもんだ」

そんな殊勝な感じじゃないけどね。

『何とかなる』を積み重ねたいだけだ。

その上で、引き際悪く、一個でも思い出を増やそうとしているだけである……、ただ、下ごしらえのついでみたいなことを言っていた癖に、わたしが手取られ足取られ作製したカレーライスが、そのまま晩餐に供されたのは計算外だった。

やめてよね。

スプーンや箸《はし》を使わず、指ですくって食べるタイプの本格的なカレー……、見た目ではなく触感で楽しむ食事とは言うものの、しかし午餐のときと違って、いざ自分で手掛けてみると、アーチェリー女学院で提出したM計画の改訂版の、弱点みたいなものも味わわされた。

理論だけじゃ駄目ってことね。

腕もいる。経験も。

これは胸に置いておかないと……、食べたみんなの感想も「肉はチキンだ」「ジャスミンライスを使っている」「野菜が入っている」などと、事実を説明するものばかりだった——何からでも美点を見出すあのリーダーさえ！

そんなこんなで、危うく寡黙に戻りかけた天才児くんだったが（不良くんの手料理を期

待して夕餉《ゆうげ》の席についたのに、分析対象のような正体不明のカレーが出てきたら、わたしだって無口になる)、

「これから被服室で、メンバー全員分の衣装を作ってくれない?」

というわたしの発注は、快諾してくれた。理由も聞かずに。

訊かれたら答えづらい理由だったので、その点は助かった……、胎教委員会との最後の対決を目前にして、美少年探偵団の構成員が、わたし以外全員、五重塔学園の学ランを着ているというのは、いまいち締まらない気がするなんて動機を、うまく説明できる自信はない。

形式やドレスコードにこだわっているのだと誤解されても困る。

なので説明せずともわかってくれたのは、ことのほか嬉しい。

みんなが指輪学園の制服を持ってきていないというのであれば、ここで採寸して、一から手作りするしかないだろう……、もちろんわたしも手伝わせてもらうつもりだ、及ばずながら。

締まるも締まらないも、全員がお揃いになっても見えないだろうという、影なるわたしからの突っ込みが聞こえてくるけれど、見えないところのお洒落も大切なのである。

「ふふっ。それで、眉美さん? 私からは、何か学びたいことはないのですか? それが

救国の策の一助になるのであれば、何なりと協力させていただきますよ？」

「いやー、先輩くんからは、これまでにもう大体学び終わっていますし。スピーチも歌唱も演説も施策も生徒会運営も、搾り取れるだけ搾り取ったんだから、教材としてはもう用済みでしょう。既に超えたと言っても過言ではないように感じています」

「表に出ろ」

　表に出たのは夜半、それも生足くんとだった。体力回復のためとは言え、昼間にたっぷり眠った生足くんと、三日三晩爆睡していたわたしが、共に寝付けず、夜のグラウンドを散歩という展開に相成った。

　これ、島デートみたいじゃない⁉

　と思ったが、そうでもなかった。なぜなら、生足くんのジョギングに付き合うような散歩だったからだ――まだ全快していないだろうに、それが生態であるかのようにジョギングを開始するとか、やっぱり突出しているアスリートって、生まれ持った才能だけでやってるわけじゃないんだなと思い知る。

　見えないお洒落ならぬ、見えない努力か。

　ただし、暗闇の中でのジョギングと題される併走ならば、わたしも一流アスリートに、ついていくことくらいはできた――奇妙な気分だ、別に特殊なレギュレーションを付け加えた徒競走でもなく、むしろ条件は同じなのに、スタートの号砲を夜中に鳴らすだけで、断然わたしが優位に立ってしまうなんて。

「そんなもんなんじゃないの？　どんなゲームも、ルール次第みたいなところはあるでしょ。真昼の徒競走だって、義足のアスリートのほうが速かったりもするしね」

ふむ。言えている。

視力の矯正器具である眼鏡《めがね》やコンタクトレンズを装着するのは反則であるなんてルールが、もしもスポーツ界で徹底されれば、結構な数のアスリートがひっくり返ることになるだろう……、いや、案外これは、たとえ話ではない。最強のフットボールチームが、ブラインドサッカーでも同様に最強かと言えば……、より速く走れるスパイクや、より速く泳げる水着なんてのが開発され続ければ、いずれは規制の末に、裸足《はだし》や全裸が奨励されかねない――古代のオリンピックは、実際に全裸でおこなわれていて、女子は観覧禁止だったなんてエピソードもあったな。

中断されたM計画に、先見の明があったことになってしまう。

スポーツに限らず、ある日突然、ルールが――あるいは法律が、がらりと変わってしまうことなんて、歴史上いくらでもあった。昨日までのエリート層が、今日からは犯罪者扱いなんてことも……、この五重塔学園で起こった悲劇は、その点では、まだ取り返しがつく範囲である。

悲劇ではあるが、終劇ではない。

取り返しをつけなければ——取り返さなければ。

救いようはある。

ならば救う。

いずれにせよ、どちらが伴走しているのかわからないような暗闇のジョギングで、ほどよく疲れたわたし達は、明日のこともあるし、日付が変わる頃には学園寮に戻って、それぞれ床についた。

「おやすみなさい」

ありがとう。

ありがとう、ありがとう、ありがとう、ありがとう、ありがとう。

リーダー、不良くん、天才児くん、先輩くん、生足くん。

誰もわたしを引き留めなかった。

そんなクールさを格好いいとでも思っているのかと問われたらこう答えよう——こんなクールさを、美しいと思っている。

わたし達は、そういうチームだ。

38　対決

数百名に上る若人の人生が、ひいては母国の浮沈がかかっている帰還プランを練るにあたって、まさか一夜漬けみたいなシンキングタイムで済ませるわけにはいかないと、常識あるかたがたは思うだろうけれど、あいにくわたし達にそんなものはない――リーダー風に言うなら、わたしにあるのは美意識だけだ。

もっとも、まともな神経をしているからこそ、そんな途方もないアイディアを、じっくり考え込んではいられないという見方もできるかもしれない……、考え続ける負荷に耐えられない。善は急げとも言うし、実際問題、わたしの眼窩に仕掛けられた時限爆弾が、見るも無惨な二次被害をもたらす可能性は、一分ごとにいや増しているのだ。

本当に爆発したりして。

ジョギングをしたなんて言ったら、かかりつけの眼科医に、生足くんともども、どんな目に遭わされるかわからない、文字通り。

軽はずみな決断は、少年少女の特権とも言えるし。

考察よりも行動だ。

そんなこんなで、一任された事態の収拾をプレゼンするのは――探偵風に言うなら、一同を集めてさてと言うのは、翌日の朝方、つまり午前会議での運びとなった。いえ、わかってますよ。御前会議ですよね。

胎教委員会の不名誉委員長にして五重塔学園の校長先生、美作美作を相手取って――ただし、発表の場所は、校長室から美術室へと変えてもらった。特にアウェイを嫌ったつもりもなく、また美術室は美術室でも、指輪学園の美術室でなければ、わたし達のホームとは言いがたいのだが……、でも、今のわたしには、雰囲気と言うか、空気感だけで十分なのだ。

空気感さえそうであるなら、あとは頭の中で、あの美少年探偵団の事務所をイメージすれば――テーブルやソファや絨毯《じゅうたん》や大時計や絵画や彫刻を思い起こせば、フルパワーを発揮できる。

パフォーマンスを低下させかねない、余計なものは目に入らない。

「きみが瞳島眉美ちゃんかい。これまでに何度も会っているようなものだけれど、こうして話すのは、初めてだね。先生が、美作美作だよ。アーチェリー女学院では孫が世話になったようで、お礼を言わせてもらおう」

あれだけ苦労してこぎつけた敵対組織の首領との対面……、も、そう緊張せずに、むしろあっけなく実現してしまったように感じてしまうのは、相手の風貌が視認できないからだ。

シルエットを相手にしているようなものである。

ゆえに想像力の貧困層は気圧《けお》されずに済むし、意識的なのかそうでないのか、出し抜けに『ちゃん付け』で呼んでくる大人のマウンティングにも、そんなに不愉快にはならなかった。『まゆ』呼ばわりに慣らされたのだとも言える。

「じゃんじゃんアイディアを出して欲しい。子供達の問題は、やっぱり子供達自身が解決するべきだからね。先生は温かく見守る教育方針だよ」

「…………」

声質は、うん、確かに思っていたより若い感じかな？　先輩くんの七色の声の、再現度の高さ……、そしてよく通る喋りかたは、なるほど政治家的だ――小さくないグループの長って感じがする。

それにしても『孫が世話になった』か。

むしろ世話になったほうだと自負しているけれど、ううん、悪の帝王みたいに思っている相手にも、家族がいるっていうのは、いろいろと考えさせられる。まあ、虐待対象の家族だったり、グルになって悪事を働いていたりする家族かもしれないので、そこも一概には語れないにしても……。

　家族を紹介することで油断させるっていうのも詐欺師の常套手段だと聞くし、案外『孫』と同室にしたのも、悪企みの一環だったりして……。

　さすがに自分の祖父でもおかしくない年齢のおじさんの顔を、べたべた触って確認しようとは思わない……、整髪料の匂いとフレグランス、それに体臭だけでおなかいっぱいだ。勝手に、渋い俳優さんの顔でも想像しておこう。

「おい。やめとけよ、沃野」

　各々が席についたところで、不良くんが言った――それに対する返答はなかったけれど、どうやら着席していない人物が、ひとりいたようだ。ここでは教頭先生という立場の沃野禁止郎くん……、しかも、不良くんのすごみかたからして、プレゼンターのわたしになんらかの危害を加えようとしていたらしい。

　ぶれないね、彼も。

　謎解きを始めようとする探偵を、隙《すき》あらば殺そうとする聴衆というのも珍しいけれど、しかし沃野くんは、わたしに視力があった頃から、クルマで轢《ひ》き殺《ころ》そうとかしていたので、今更驚きはしない……、むしろ彼が約束を守って、美作美作との接見の場をセッティングしてくれたことのほうがよっぽど仰天なのだ。

親兄弟という家族感を感じさせない、没個性。たとえ無言で、不良くんから睨《にら》みを利かされ、身じろぎもしていなくとも、そこだけ空間が凹《へこ》んでいるかのように、存在を主張している——存在感があるとは言いがたい癖に、一度気付いてしまえば、無視はできない。

けれど、怖いとは思わない。

不良くんだけじゃない、リーダーも、先輩くんも、生足くんも、天才児くんも……、指輪学園の制服（ハンドメイド）に身を包んだ美少年探偵団のフルメンバーが、この美術室には集結しているのだから、何を恐れよう。

それどころか……、没個性の彼のことまで救おうなんて考えたりしてしまうのは、果たして傲慢《ごうまん》増長だろうか？

「それでは、本日の会議を始めたいと思います。今日で五日目になりますが、同時に最終日になるはずです——眉美さん、お願いします」

最初の三日三晩は率先して交渉に臨んできたであろう先輩くんが、今日は司会役に回ってくれた。堂々とした態度で、後輩、または後継者として頼もしくさえあるけれど、実を言うと、わたしがこれから何を言うつもりなのか、この凜々《りり》しい進行担当は把握しているわけじゃない。

事前に打ち合わせをする時間がなかった、わけじゃない……、昨夜のカレーの口直しのように仕上げられた朝食のときにはメンバーは全員揃っていたし、共有しようと思えば、そこで共有できた。ただし、わたしはじかに美作校長と対面する前に、アイディアを固めて、形成してしまいたくなかった……、一度口に出したら変更が利かなくなりそうだし、その馬鹿馬鹿しさに、二度と発表したくなくなるかもしれなかったし。

クライアントの依頼に応えるという意味では、相手との対話を通じて即興の微調整——時に大改造が必要になるだろうことは間違いなく、それ以前に、わたしにはぶっつけ本番が向いている。

醸成や発酵とは無縁の、即席主義。

我ながら大胆だと思うけれど、真に大胆なのは、そんなわたしの独断専行を許してくれる、どころかわたしがいったい何を言いだすのか、楽しみにしている風の、美少年達のほうだろう。

滑るのを楽しみにしていたりして。

あるいは、彼らには、わたしの考えることなど、聞くまでもなく、予想がつくということなのかもしれない——わたしがアーチェリー女学院でひとりになったとき、それでも五人の推理をトレースできたように、彼らにも私の言いそうなプランが、見え見えなのかも。

だとすれば、譲ってもらったこの見せ場、台無しにするわけにはいかないよね？　これが、たとえわたしの人生で、最終最後の謎解きじゃなかったとしても。

有終の美——終わりのある美。

「瞳島眉美です。よろしくお願いします。本日はお忙しい中、貴重なお時間を割《さ》いていただきまことに……」

って。堅い堅い堅い。ぜんぜん少年っぽくない。

緊張しなくていいし、気負わなくていい……、いつも通りの美術室の放課後だと思え。不良くんが淹《い》れてくれたおいしい紅茶を飲みつつ、焼きたてのクッキーをつまみながら、あーだこーだと雑談に興じているのだと想像しよう。

「美作校長」

咳払《せきばら》いをひとつして（これも少年っぽくないな）、わたしは仕切り直した。

「あなたはどういうものを美しいと定義しますか？」

「先生は、ルッキズムに興味はないね。見た目で人を差別するなんて、まして優遇するなんて、とても恥ずかしいことだよ。ついでに言わせてもらえば、少年であることも、決して特権ではない。それで何かが許されると思っているんだとすれば、きみ達はとんでもない勘違いをしているんだよ」

取りようによっては優しげとも取れる、言い聞かせるような口調……、真摯《しんし》っぽい振る舞いも、あるいは紳士っぽい表情も、ありありと見えるようだった――この痛む目にも浮かぶ。一方で、こりゃあ三日三晩どころか、三百六十五日話し合っても、建設的な議論になりそうもないやという気持ちになる。

言葉を交わすモチベーションが萎《な》える。

説教する気満々だもんな――じゃんじゃんアイディアを出して欲しいと言っていたけれど、出したアイディアを、端《はし》から潰されていきそうな予感もする。ぷちぷちみたいに、丁寧にひとつずつ。

「いいかい、眉美ちゃん。人間は中身だよ。外見を取《と》り繕《つくろ》ったり、若さを売りにすることは、くだらない虚飾でしかないのさ。きみに至っては、性別まで偽っているようじゃないか。どうしてあるがままの自分でいようとしないんだい？」

さあ、なんでだったかな？

あるがままの自分が嫌いだったからかな……、中身で勝負と言われたほうが、わたしみたいなクズにとってはキツかった。

そういう人間もいるんですよ。

てか、あるがままの自分に満足している人なんて、ほとんどいないんじゃないの？　だからそれが——伸びしろになる。

のびのびと生きたいと願う。

「質問に答えてもらえますか？　その答によって、わたしのプランも変わってくるんです、美作校長。わたしのプランには、千二百のレパートリーがありますので——あなたにとって、美しさとは何か」

「こだわるねえ。引っかけ問題のようで怖いな。でも先生は、そんな些事《さじ》にはこだわらないから、変に回答をパスしたりはしないよ。そうだね、あえて言うなら——教師らしく、答えるのではなく教えるなら、美しさとは、退廃だ」

「退廃」

「美術も、美食も、美声も、美脚も、美学も、退廃だよ。美談も、美顔も、美容も、美男も、美女も、美技も、美徳もね——そんな見てくれにあくせくしているから、美観を損《そこ》なうことになる」

だが、
それで大いに構わない、と、美作校長は続けた。

「先生は、退廃を許そう。退廃したければ、すればいい——きみ達はそうやって、己の人生を美化していればいい。考えが足りなかったり、愚かしかったり、後悔したりする権利を、子供達に与えよう。特権に見せかけた幻想を——高みには、生まれつき中身のある人間だけが登ればいい」

「それが胎教委員会ですか」

「それが胎教委員会だよ。これが教育だ」

無茶苦茶言ってやがる。

と、そう思えるのは、わたしが今のわたしだからだ……、案外九月頃のわたしだったら、こんな意見にあっさり説得されて、どころか感銘を受けて、のびのびと退廃していたかもね。

できることなら、この五重塔学園に転校して来たかも。

これが教育だと言われても、とても納得はできないけれど、しかし勉強にはなった——美学でなくとも、学ぶところはある。

きっとこれは、意見ではなく世論なのだ。

しかし、とは言え概ね、美作校長の持論が、これまで聞いていた通りの教育方針だったのは、予習通りで助かったとも言える。張本人の口から語られたがゆえのいわく言いがたい迫力はあったものの、情報提供者である札槻くんから得ていた事前知識の範疇《はんちゅう》を大きく外れる『世論』は述べていない。

ならば計画に微調整は必要ない。必要だとすれば美調整だ——その辺は思い切ってアドリブでゴー。めいっぱいおめかしさせてもらいましょう。

お許しもいただいたことだし、己の人生を美化させてもらう。

わたしは先輩くんのほうを見た。

もちろん見えたわけじゃあないけれど、わたしがまなざしを向けたことは、伝わったはずだ——いや、夕べはなぜか怒らせちゃったけれど、別にふざけてからかったつもりはないんですよ。

あれは嘘じゃない。

冗談抜きで、わたしはあなたから、一番多くを学ばせてもらった。副団長であり、生徒会長であり、先輩であるあなたから。美少年探偵団の実質的なリーダーとまで言えばそりゃあ異論も噴出するだろうし、本人が一番否定するだろうが、少なくともわたしをここまで導いてくれたのは、あなただった。目標でしたとも、もしもわたしが六歳だったら、プロポーズしているくらいに。

この場にいる誰かひとりを先生と呼ぶなら、間違いなく咲口長広だ——あなたは、決して口だけの男じゃない、わたしの教育者である。

それを今から証明しよう。美しい師弟関係を。

「東西東西――」

わたしは切り出した。

教えられた通りに。育てられた以上に。できる限りのいい声で。

39　解決編

「東西東西。

「引っかけ問題と言われるのは心外なので、騙すつもりはない証拠として最初に宣言しておきますと、わたしはこの会合をもって、胎教委員会を解散に追い込もうと考えています。禍根も遺恨も残さず、綺麗《きれい》さっぱり後腐れなく、ここでしゃんしゃんと、わたし達の戦いをはいこれまでにするのが狙いです。

「正直、胎教委員会という名前からして気に入りませんしね――おなかの中の赤ちゃんにモーツァルトを聞かせたら頭がよくなるんでしたっけ？

「俗説どころかデマらしいですが、そういう出生前検査みたいなことを、どれくらいの考慮の末におこなっているのか、はっきり言わせてもらえれば疑問です。迷信を鵜呑みにされているのではありませんか？

「なるほど、胎教委員会の教育方針は、間違っていないのかもしれません——遊《あそ》び呆《ほう》けたい子供は遊び呆けさせて、勉強したい人間にだけ勉強させる。そんな分断も——そんな役割分担も、なくはないんでしょう。

「役割分断、ですかね。

「たとえそれが、格差であってもヒエラルキーであっても。

「あなたがたが仕掛けるまでもなく、世の中がそういう方向に傾いているのは、中学生でもわかる事実ですし。賢い振りがいくらでもできる社会じゃあ、賢くなろうなんてのは、愚か者の所業なのかもしれません。

「賢ぶることで、馬鹿がバレる。

「パンとサーカス、でしたっけ？

「統治する側のエリート層にしても、そのほうが都合がいいって面はあるでしょうしね——おっと、あなたがたがそうだと言っているわけではありませんよ。今のはいろんな支配者がいるという美談ならぬ経験談でして。

「挑発に聞こえてしまったなら謝罪します。

「わたしはただただ、胎教委員会は間違っていないのかもしれないと言いたかっただけですとも——間違っていないのかもしれない。

「だけど失敗した。方針は間違えていなくとも、今回の施策に限っては、完璧《かんぺき》に間違えた。

「全国津々浦々から招集した未来のエリート候補生達を、ひとり残らず台無しにした——ええ、失敗ではないと仰《おっしゃ》るでしょう。既に沃野くんからその釈明は聞いていています……、絶対に失敗を認めない姿勢には、ある種の好感さえ抱きます。

「いえいえ、マジで感心しているんですよ。心の底から賞讃しています——讃美しています。わたしみたいな失敗続きの人間から見れば、憧《あこが》れの対象でさえあります。その手があったかと、目から鱗の気分です。

「なにせ、わたしったらちょっと前まで、生まれてきたことを失敗だと思っていたくらいですからね——だから、こんな誰の目にも明らかな、スケールのでかい失態さえ、認めずにいられるあなたがたは、皮肉でも風刺でもなく、すごいと思います。

「ただ、一言だけ言いたい。

「失敗を認めないのであれば、己を美化しているのはあなたがたのほうだと。

「美しさが、イコールで退廃であると定める以上、あなた達ほど退廃した組織は他にない……、わたし達なんて及びもつかない。退廃委員会と呼ぶべきか、美化委員会と呼ぶべきか、迷うところですね。

「子供っぽいのはどちらなのか。

「児戯はどちらなのか。

「確かに美作校長の言う通りに、少年であることは特権ではありません——幻想と言われれば、その通りです。だけど同様に、大人であることも、なんら特別な権利ではないことをわかっていただきたい。

「子供と大人の分断こそが幻想であり。

「子供が退廃して大人になるんじゃないってこともね——さて、言いたいことを言ってすっきりしたところで、いよいよ本題に入らせていただきますと、あなたがた胎教委員会から我ら美少年探偵団へのご依頼は、この五重塔学園に籍を置く全校生徒を、元いた学校に帰してあげて欲しいという内容でしたね？

「帰る場所をなくした彼ら彼女らを、帰還させる——生還させる。念のための確認ですよ。あとで、『いや、それはそういう意味じゃない。論点がずれている』なんて、否定されたくないので——実際、わたしは論点をずらす天才ですし。

「ようござんすね？

「むしろその救国プランが、どう胎教委員会の崩壊に繋《つな》がるのか楽しみだと言ってもらえるのであれば、わたしも一晩考えた甲斐《かい》がありました……、公式には、もっと長期間、五年くらいかけて考えたことにしておいてください。

「第一、その点はお互いさまですよ。我々がその注文を蹴《け》っていたら、美少年探偵団こそ、解散に追い込まれていたんですから……、自分達だけおめおめ逃げ帰るという、美しくない行為によって。

「元より学校に居場所を持たなかったわたしに言わせればなんだか贅沢な悩みではありますし、居場所は自分で作るものだと言いたくもなりますけれど、ただまあ、この場合は詐欺にあったようなものですしね。

「引っかけ問題ですよ。

「被害者を責めるのは残酷ですし、『こんなの、格好悪くて帰れない』という恥じらいは、本気で大量自殺に繋がりかねません――死にたくなるのは健全ですが、本当に死んじゃあ花実が咲かないでしょう。

「どんな人間も、いつかは『自分の代わりはいくらでもいて』『自分がいなくても世界は回る』ことに気付くんでしょうけれど、それが今である必要も、あなたがたの責任である必然も、ありませんよね。

「なので、無責任なあなたがたに頼まれなくても、我々は勝手にやっていただろうというのはその通りでして……、だから身勝手というのもその通りですね。好きでやっている以上、好き勝手でもありましょう。

「返す言葉もありません。

「ただし、こちらの理屈はそれで立つとしても、実際問題、無理難題であることに違いはなくって、なんとかうまい逃げかたはないかなと、途中からは危うくパラダイムシフトを起こしかけましたよ。

「論点をずらす天才ですので。

「退廃も決して悪いものじゃないという方向に、論点をずらせないかと――皮肉にもそんなプランなら、あっという間にZ案まで思いついたりするものです。

「結局、みんなを助けようなんて不可能なんじゃないかと――大体、この場合『みんな』っていうのは、どこまでが『みんな』なのでしょう？

「仮に、五重塔学園の全校生徒を救えたとしても、そのエリート層以外にも苦境にある人はいっぱいいるわけですよ。誰かを援助すれば、他にも困っている人がいるのにどうしてそいつだけと、ねちねちなじられる始末です。

「助けられる人達に対してずるいという感想を持つことは、珍しい事象じゃありません――その辺は、その辺こそ、持ちつ持たれつ、もたれ合いです。

「でも、これってやっぱり、思考が逃げに入っていますよね……、本当に他にも困っている人はいるんでしょうか？　存在しない苦難の大勢を捏造することで、自分の仕事を減らそうとしているだけでは？

「『退廃したい奴には退廃させておけ』というときの『退廃したい奴』みたいなもので……、よくよく考えてみれば、様々な理由から結果的に、頼まれたわけでもないのに退廃するだけであって、自ら『退廃したい奴』なんて、いるわけがないですよね？

「同様に『困っている大勢』も、わたしのイマジナリーフレンドなのかも――違うって言うなら、具体的に名前をあげられますか？

「あげられますね、これは。

「そう、あなたがた胎教委員会の被害者は、この野良間島にいるばかりじゃない――思い出してみれば、これからわたし達が帰ろうと切望している本土にこそ、大勢の被害者がいるんです。

「そこまでを含めて『みんな』ですよ。

「どの層のことを言っているのか、ですよね？　ちゃんと振りましたし。

「その通り、沃野くんや目口《めぐち》さんと言った没個性の刺客にかかわったせいで、したくもない退廃をさせられた、退廃層です――これは絶対にいます、だって、わたしがこの目で見たんですから。

「この『美観のマユミ』が目撃者です。

「髪飾中学校でも、アーチェリー女学院でも――自分の孫も贔屓《ひいき》することなく、退廃のさなかに置いた、そのフェアな教育方針はいやはや見事ですが、まさかさんとしては、思うところがあったんじゃないですかね。

「そしてそれ以上に思うでしょう。

「五重塔学園のエリート層を救うよりも、まず退廃させられた私達を助けてよ――と。没落したと言っても、そいつらはまだまだ平均レベルで、私達は今底辺を這っているんだから――と。

「なかなか反論できませんね。

「単純な数で言っても、五重塔学園の全校生徒よりも、したくもない退廃をさせられた中学校の生徒達のほうが、数えるまでもなく大勢で、大多数でしょうし。トリアージと言いますか……。

「優先順位が違くない？

「存外これが、一番難しい問題かもしれませんね――奇《く》しくも、胎教委員会の中軸とも言うべき二者択一です。一部のエリート層を救うか、大多数のそれ以外を救うか――あなたがたは躊躇《ちゅうちょ》なくエリート層を救うべきと答えるのでしょうし、実際、先程念押しさせてもらった依頼内容もそうなっています。

「弱い雛《ひな》より、能ある鷹《たか》を活《い》かしたがる。

「責めてはいません。ぜんぜん。だって、状況が変われば——ルールが変われば、強弱も有能無能も、びっくりするほど簡単に転覆しますもん。賢いという理由で処刑されたりしますし、健康だという理由で奴隷にされたりする。金持ちであることも美人であることも、襲われるに足る十分条件です。

「ただまあ、名探偵が依頼人と志を同じくする意味はありません——同じだったら、依頼しなくて構わないでしょう。

「自分のことは自分でしろ、で済んじゃいます。

「他人事に首を突っ込むのが探偵でね——探偵であることは、美しくあることと同じくらい大切なんです。

「わたし達にとってはね。

「じゃあ、エリート層ではなく、したくもない退廃をさせられた大多数を救うのか？　それもちょっと違いますよね。感情的にはついついそちらに傾いてしまいそうですが、専門的な用語で言えば、利益相反です。

「エリート層は救えない。

「退廃層もまた救えない――だけど。

「だけど、この両者ならば、どちらも救えるのではないでしょうか？　むしろ片方だけを救うことはできなくとも、両方なら救えるのでは？

「二者択一なんかじゃない。一択です。『みんな』です。

「この両者は、胎教委員会の被害者という点において、同一なのですから――不要に勿体《もったい》つけてしまいましたね。

「あと、被害者と連呼して済みません。我ながら、まるで自分のことのように、被害者意識が強かったです。島の人達も、本土の人達も、被害者扱いされることを嫌うでしょう――謝罪と同時に、それがわたしのプランの鍵《かぎ》でもあります。

「結局のところ、たとえ我に返ったところで、エリート層の皆さんが、プライドが邪魔して帰れなくなるのは、その帰還が出戻りで、都落ちで、故郷に錦《にしき》を飾れないからでしょう？

「格好悪くてダサいから。

「そのせいで、帰る場所をなくしてしまったと思い込んでいる……、裏を返せば、誇らしい手柄を上げさえすれば、彼らエリートは、誰に恥じることなく、堂々と母校に凱旋できるわけでしょう?

「それができれば苦労はしない? だったら苦労してもらおうじゃありませんか。わたしが面倒でしたくない奴をね。

「下請けの下請け、丸投げの構造です。

「ところで、もしもわたしがこの依頼を達成すれば、美作校長を始め、胎教委員会の皆さんもまた、一旦は島からお帰りになるとは存じますが……、その際、この無人島から、まっすぐおうちに帰られますか? それとも、どこかに寄り道されますか?

「大人の付き合いで、呑《の》みに行ったりするんですかね……、わたしは、まずは眼科に直行することになるとは思いますが、これも、寄り道と言えば寄り道ですよね。たとえそのまま入院することになったとしても。

「買い食いとかカラオケとかファミレスとか、エリート層の皆さんはきっと真面目だから、そういうことはしないのかもしれませんけれど……、このたびはしてもらおうと思うんですよ、その寄り道を。

「これも経験談から乱暴なことを言わせていただければ、おすすめですよ。寄り道。特に人生という道では。人道という道でもね——わたしは、寄り道の半年よりも、夢に向かって一途《いちず》に歩んだ十年のほうが、棒に振った感が強いです。

「要は母校に帰る前に、他の学校に寄ってってくださいってプランです——更に経験談から乱暴なことを言わせていただければ、転校なんて、一度するのも二度するのも同じでしょう？

「きっと楽しいですよ。

「ある学校では、スカジャンの男子とバニーガールの女子が跋扈《ばっこ》していたり、またある学校では、ヌード展が開催されようとしていたりしますから——おっと、後者はわたしが食い止めたんでしたっけ？　でも、わたしごときこわっぱにできることが、エリート層の皆さんにできないはずがないですよね……、もうおわかりですよね？

「あなたがたが台無しにしたエリート層の皆さんには、あなたがたに退廃させられた中学校の、再建手術に取り組む名誉をさしあげたいのです……、ひょっとすると不名誉かもしれませんが、それが同時に、彼ら彼女ら自身の救済に繋がる道でしょう。

「繋がる寄り道でしょう。

「胎教と言うのなら。

「子育ては自分育てとも言います。

「全国あちこちの退廃校の再改革に成功したという誇らしい実績を手土産にすれば、誰に恥じることなく胸を張って、堂々と母校へ帰ることができます。それが凱旋でなくて、何が凱旋でしょう。

「きっと建ててもらえますよ、凱旋門を。

「いえいえ、違いますよ。なんてことをおっしゃるんですか。確かに、最大限に上首尾に運んだとしても、それでは胎教委員会がこれまでおこなってきた成果を、完全になかったことにしかねません。

「プラスマイナスゼロに。

「表も裏も、成功も失敗も含めてね。

「でも、それこそがわたしの狙いだなんて、とんでもない冤罪《えんざい》ですよ。うがち過ぎというものです。わたしはあなたがた同様に、少年少女の救済を、ひいては国家の救済を願う者です。

「そのためには胎教委員会に、ここで解散してもらうのが最上というだけで……、あなたがたのあげた成果を、あなたがたの失敗で埋め合わせて相殺するのが、ピースの余らないパズルのように、美しいんじゃないかと思うだけです。

「プラスマイナスは、ゼロには決してなりません。

「それに、わたしごときの策略がうまくいくとは限りませんよ。最大限どころか最小限にも。

「学校を立て直すために送り込まれたエリート層は、水が低きに流れるように、退廃層に取り込まれてしまうかもしれません——外部から来たエリートに、やいのやいの言われたくなくって、反発する生徒達もいるでしょう。

「他校の改革になんて取り組みたくない、退廃した者の自己責任だと、真っ当な意見を表明する成績優秀者もいるでしょうし、救済どころか、そんな退廃者から更に搾取しようと企てる独裁者タイプもいるでしょう。

「退廃層には、したくてした退廃でこそないけれど、今の自分に満足している生徒もいれば、エリート層にも、別に帰りたくない、このまま野良間島で暮らすのも悪くないという生徒もいるでしょう。

「十人十色で、多種多様。

「所論は机上の空論ならぬ、屋上の空論ですので。

「どんなに策を弄しても、人間のレパートリーには敵いません。

「でもね、それでいいんですよ。うまくいきっこないっていうくらいで、ちょうどいいんです。

「人間は美しいパズルじゃないし、ランダムな乱数要素はどうしても避けられないし、どれほど同じ要素を集めたところで、常に例外は生まれる——すべてが均されたはずの五重塔学園でさえ、我らがリーダーの小五郎が、例外的要素だったようにね。

「エリート層と一口に言っても、退廃層と大雑把に言っても、一枚岩では決してない。

「見える星もあって、見えない星もある。

「散りばめられている。

「それが学校でしょう？

「なんのことはない、改革だの手柄だのは二の次で、最終的な母校への帰還とかさえ実は重要じゃなくって、胎教委員会が分離した二層を、再びまぜこぜにすることにさえ成功すれば、このプランは意味をなしたも同然なんですよ。

「あなたがたの行為が台無しになって帳消しになれば、この事件は解決します。

「プラスマイナスの、プラスでね。

「いかがですか？

「これまでの教育改革をすべて引っ繰り返すようなプランに、第二の教育委員会である胎教委員会が、そして不名誉委員長の美作校長が乗ると本気で信じているのかと問われれば、ええ、本気で信じていますとも。

「だって、あなたがたはわたし達と一緒で、自分を美化するのが大好きなんですから。

「綺麗さっぱり、潔く散れるこのチャンスを、まさか逃せるわけがない——子供達の将来のために、国の未来のために、尊い自らを尊い犠牲にするなんて、お茶の子さいさいでしょう。

「わたし達が、帰れなくなった全校生徒の存在に気付かされてしまったら、自分達だけ帰ることができなくなったように、あなたがたも、見事に終われる機会を与えられてしまったら、きっとそれを無視できない。

「わかるんですよ、わたしには。

「わたしはそうやって、この視力を失いましたから——どうぞ、そんなわたしの失敗から、大いに学んでください。あなたがた同様に視野の狭かった『美観のマユミ』が述べる、視力を絡めた最後のレトリックは、『人の振り見て我が振り直せ』ですよ。

「以上。

「美少年探偵団、最後の美少年、瞳島眉美でした。

「すぐに結論が出せないなら、ひとまず昼食にしませんか？　わたしのシェフが、腕を振るってくれますよ——おいしいものでも食べながら、じっくりとちまちま、プランの穴でも埋めましょう。

「目隠しをして食べるのが通好みです。

「南北！」

40　エピローグ、あるいは『2030年宇宙の旅』

「ずっとそうしていますけれど、打ち眺めているその窓から何か見えるんですか？　瞳島船長」

わたしを除けば唯一の日本人クルーである湿原《しつはら》くんが、そう声を掛けてきた——声を掛けられる前から、彼の後方からの接近には気がついていたけれど、一応のマナーとして、先に振り向きはしなかった。

そういう見透かしたような振る舞いは、結構相手をビビらせちゃうらしいので。

ただし、声を掛けられてもなお振り向かなかったのは、長旅のストレスでここのところ彼との仲がぎすぎすしているからではなく、指摘された通り、窓の外に気を取られているからだ。

ただし——

「知ってるでしょ、湿原くん。あの日から十年間、わたしの目には何も見えていない」

「やだな、湿原だけに失言ってわけじゃありませんよ。純粋に科学的な疑問です。知的好奇心って奴でして。今、俺の接近をあらかじめ察してらしたように、船長は気配や音や匂いや熱で、まるで四方八方が見えているかのようじゃないですか——でも、この場合はどうなのかなって」

「この場合って？」

「分厚い窓の、その向こう——絶無という真空を挟んだ先に浮かぶ地球も、見えているのかなって」

あの『美観のマユミ』になら。

そう言われて、わたしは苦笑する。えらく懐かしい名前で呼んでくれるじゃないか。振り向いてあげる気になったよ、湿原くん。

「見えないよ。何も感じない。さすがに真空を挟んじゃったら。地球は青かったというガーリンの名言を、知的猜疑心いっぱいに、疑っていたところだ」

「あはは。あなたは疑ったりはしないでしょう。誰のどんな言葉もね。本当は、何を信じていたんですか？」

「ひょっとしたら、今、地球上のどこかの海岸から、この船を見上げている無垢《むく》な子供がいるかもしれなくて、その子にはわたし達が輝く星に見えているかもしれない——って、信じていた」

「だったらその子は、きっと将来、宇宙飛行士になりたいって夢見るんでしょうね」

「それはどうかな」

わたしが幼《おさな》い頃には、それは成り立った夢だ――夢見ることがはばかられるような、夢のような職業だった。だけど、格安の宇宙旅行が当たり前になった現代ツーリズムの業界じゃあ、宇宙飛行士はありふれた職業になった。

バイト感覚だ。

特殊な訓練を積まなくとも、成人してから教習所に半年も通えば、それで免許がもらえる――大体の操縦は今はコンピューターがやってくれるので、実際のところ、地上で重機を動かすほうが難しいくらいだ。

スマートフォンの登場から、わずか数年で世界ががらりと変わったような、立て続けの現代の産業革命の最果て……、いや、そのスマートフォンにしたって、３Ｄ触感による擬似凹凸で、点字が読めるまでに進化を遂げているくらいなのだが。

シンギュラリティ、だっけ？

国際宇宙ステーションがヨーロッパ旅行のトランジットに使用される２０３０年現在、バイト感覚はいくらなんでも言い過ぎだったにしても、社会勉強だったり、繋ぎの仕事だったり、出稼ぎや副業で取り組むクルーも多数いるくらいで、わたしのような若造も、逆に定年後のおじいちゃんおばあちゃんも珍しくもなんともなく、少なくとも宇宙飛行士は、『努力してもとてもなれそうもない、手の届かない憧れの職業』ではなくなった。LCCの価格破壊と言うか……、アイドルになるハードルが低くなった、とかなんとか盛《さか》んに言われていた頃のアイドルの気持ちを、わたしは思い知っている。

語学に堪能《たんのう》である必要も、特殊な専門分野を持つ必要も、高度なコミュニケーション能力がある必要も、どころか、いくつかの条件をクリアすれば、健康である必要さえなくなった。

需要が供給を超えたとも言える……、ロケットの打ち上げ候補地も、今や種子島《たねがしま》だけではない。事実、わたし達が乗っているこのスペースシップは、何を隠そう、あの野良間島から飛んだ第一号機である。

未だ逃亡生活中のこわ子先生もびっくりだ。

危っかしい五つの美術館は、今となっては観光客がごった返すランドマークである――いやはや、実際、苦笑では済まされない。

まさかわたしの子供の頃の夢が『ありふれる』という形で叶おうとは……、わたしを誘拐しようとした組織からのスカウティングに応じるかどうかで、あれほど煩悶《はんもん》していたのが、こうなってしまうと馬鹿みたいだ。たった十年で、世界がこんなにめまぐるしく変わるなんて、子供の頃には予想だにしなかった。

「していたんじゃないですか？　少なくとも我らが祖国の発展に関して言えば、瞳島船長の貢献はただならぬものがあるでしょう。ほら、激イタのファッションで中学校に通っていた頃」

「窓から宇宙空間に放り出すぞ」

「船長にそんな権限はないでしょう」

「団長にはある。わたしはこの船の船長であると同時に、この船団の団長だということも、忘れてもらっちゃ困る」

　こうしてたまに口に出しておかないと、自分でも忘れてしまいそうなのだが……、まさかぺーぺーの下っ端だったわたしの肩書きが、団長になる未来があるとはね。

　もっとも、団長については広告塔と言うか、最年少の若輩者をトップに据えることでストーリーを持たせようとしたと言うか、企業からお志《こころざし》を集めようとしたと言うか……、また、実務が膨大に増えるので、誰もなりたがらなかったクラスの委員長とか、生徒会長とかみたいな感じではあるものの……。

　お飾り、か。

「それに、今の日本のありようをわたしの双肩に背負わされても困るな。結局、あのときわたし達が救済した神童の皆さんなんて、ほとんどが『二十歳過ぎたらただの人』でしよ」

「退廃から救われた中学生が、のちに頭角を現したかもしれないじゃないですか。可能性の話をしているんですよ」

「可能性の話か。うん、それはいいね」

ただまあ、わたしが十年前に野良間島の五重塔学園で、今から思うと恐れ知らずにも、胎教委員会の不名誉委員長を相手取って、意気揚々と提出したプランが、陶酔していたほど完璧じゃなかったのは確かだ。

中でも最大の失策は、あの寄り道プランでは、わたしの愛すべき仲間達も、役割を負って、各地に散り散りになることだった——指輪学園に凱旋するためには、彼らはそれぞれ、どこかの退廃校で、八面六臂《はちめんろっぴ》の活躍をせねばならない。

なんのことはない、琵琶湖の真ん中の人工島へ、五人の美少年を救出するために乗り込んだわたしは、結果として、団《チーム》を解散に追い込んでしまったのだ。胎教委員会を解散に追い込むだけのつもりだったのに、まさか相打ちになろうとは……、相殺されるのは、エリート層と退廃層だけじゃなかった。

美少年探偵団と胎教委員会も、相殺された。

ああ、あらゆることに自分を勘定に入れないわたしの性格が、こんな形で裏目に出ようとは……。

あの後、美作校長が、やけにあっさり、特に精査もせずにわたしのちゃちなプランを呑んでくれたのが意外だったけれど、胎教委員会のプランをことごとく妨害してくるわたし達をバラバラにできるならそれで上々という、大人の判断があったようだ。

プラスマイナスのプラス。

案外大人のほうが、未来を見据えている……、未来ある子供よりも。

実際、胎教委員会をあのプランで完全に撲滅できたかと言えば、そんなことはなかった……、あれから十年が経《た》った今も教育界では、第二、第三の『第二の教育委員会』が現れ、改革を目論《もくろ》んでは、成功したり失敗したりを繰り返している。

政治家はそうでなくっちゃね。

なので、今の日本を作ったのは、わたしよりも美作美作と言うべきだ……、わたしは最後まで、あんな風に清濁併せ呑むことはできなかった。たとえば中学時代に築いた人脈を基盤にして、日本にカジノを誘致した札槻くんのようにもなれなかった——犯罪集団だった『トゥエンティーズ』に至っては、その後世界有数の運送業者に合法化され、わたし達の着る宇宙服の、目立つ位置にロゴが入っているくらいのスポンサーである。あんなシニカルに構えていたのに、無茶苦茶やり手じゃないか、麗さん。大体、宇宙服どころか、この宇宙船に備え付けられたテレポート機能にしたって――

「瞳島船長、テレポート機能じゃないです。それは超能力です。正しくはワープ機能です」

「どっちも超能力みたいなものでしょ。違いがわからないよ、わたしには。違いがわからなくても船長にはなれるの。船員の心が読めれば」

「それはテレパシーですね」

「ふん。わたしなんて、眼帯をつけているから船長に選ばれたようなものだよ」

「船長のイメージの古さ」

「ワープ機能にしたって、軍事兵器の転用でしょう？　直接じゃないにせよ、わたしは結局、わたしをつけ狙った組織のお世話になっているようなものだ……、忸怩たる思いがあるよ。社会構造は、美しいばかりじゃない。美少年探偵団も解散させられるし」

「十年経ってもまだ気にしているんですね、それ」

「わかってて振ってるでしょう」

「まさか、そんな。瞳島船長に忠実なしもべが、そんな意地悪をするわけがないでしょう。失敗するくらいでよかったんですよ。大人が相手だったんですから、論破じゃなくて説破するくらいにとどめておかないと……、意外だったのは、配置された退廃校に、改革後もそのまま居ついてしまったエリート層が少なからずいたことですよね」

「うん。そのパターンは予測していなかった。人間は例外ばっかりだ。居つきこそしなかったものの、不良くんも赴任先にかなり長居してたよ……、ま、帰る場所より向かう場所が必要だったのは、わたしだけじゃなかったってことかもね」

「第一、その解散が、美少年探偵団の、今生《こんじょう》の別れになったわけでもないでしょうに」

「んー、でもわたしはわたしで、本土に戻ったら即座に長期入院だったから。先輩くんの卒業式には立ち会えなかったし、いろいろあって帰ってきた不良くんも、いろいろあって、先に卒業しちゃうし。わたしは挙句、生足くんと天才児くんの同級生になっちゃって。美少年探偵団の名前はもう使えなかったから、仕方なく、三人で戦乙女探偵団を結成したんだよ。ふたりに女装させて」

「何をやっているんですか。刺客を送られるまでもなく、勝手に退廃してるじゃないですか。激イタのまま」

「だから、いろいろあったのよ。それで、三人で三年生になったときに、中学校に入学してくるリーダーを迎えて、いよいよわたしが理想とする戦乙女探偵団が完成するはずだったんだけど――まあいいか、その辺の話は」

犯罪歴みたいなものだし。

いくらAIが完全に機体を制御してくれているとは言っても、感傷にばかり浸っていないで、ちょっとは船長の仕事もしないとね……、一応は、ツーリズムの宇宙船じゃないってところも見せないと。

団長としてはお飾りでも、船長としてはそうじゃないってところも……、格好つけて言えば、人類史上初となるミッションを帯びて、我々は宇宙に旅立っている。月面着陸や火星探査に並ぶチャレンジ……、フロンティアスピリッツの終着点と断言してしまってもいいだろう。

ブラックホールの探索である。

なので、眼帯をしているから船長に選ばれたと言うのも、あながちジョークではないのだ……、光すらも、ねじ曲げ飲み込むあの高重力の座標では、高解像度カメラも、自動追尾モニターも、視覚情報は意味をまったくなくす。その天体が見えれば見えるだけ、余計みたいなものだ。

つまり、それ以外のエキスパートであるわたしの出番というわけだ……、強いて言うなら、『美観以外すべてのマユミ』の。

まあ本当はエキスパートなんかじゃなくて、その他の感覚はごくごく普通なのだけれど、そのくらいの嘘は、履歴書に書いても私文書偽造にはあたらないだろう……、自虐的で激イタだったあの頃より、周りからいい風に見てもらうことは、得意になった。

世間並みに世間擦れした。

その結果与えられた任務がこれだ。皮肉にも。

どこが皮肉なのかを説明すると、自重によって潰れ、目視できなくなった星であるブラックホールは、すなわち暗黒星である……、その調査に抜擢《ばってき》されたというのは、諦めたはずの夢が、ゾンビさながらに蘇《よみがえ》ってきたようで、なんとも言えないぜ。

真夜中のジョギングと同じ。

残存者利益とも言えるかな。

二十年越しに、ついに見つけるときがきたわけだ。

数え切れない『なんとかなる』を積み重ね続けて、遂に星に手が届く。

「ワープと言っても、このシップがおこなうのは高機能エンジンによる擬似ワープですからね。ブラックホールの探究が進めば、本当にテレポートのような光同様に空間のねじれたワープ移動が可能になるかも……、そうすれば、シンギュラリティはすべて戦争から始まるなんてイデオロギーを、黙らせることができます」

「それは最高だけど、第一目標は別にあってね。湖滝《こだき》ちゃんにおねだりされてるのよ。月の石ならぬブラックホールの石を……、結婚指輪にするんだって。ブライズメイドとしては、応えざるを得ない依頼だわ」

「ああ。披露宴、そろそろなんでしたっけ？　招待状は、俺のところには届いてませんけれど」

「届く道理がないでしょう」

美術室に巨大な羽子板を送りつけるという、いわく言いがたい謎の奇行に走っていたあの女児も、思えばおませになった……、わたしも歳《とし》を取るわけだ。

はて、今日はやけに昔のことが回想されるけれど、ひょっとしてこれって、走馬灯かな？　だとすれば、見るのは久し振りだ……、そりゃまあ、宇宙で人が死ぬことはすっかり珍しくなったけれど、それでも生存確率がここまで低い宇宙ミッションは、世界的にも久しいものね。

二十歳を過ぎて、まだ生きるか死ぬかをやっているのか、わたしは。

ガガーリンと言うより、クドリャフカだ。

「まあいいか。ブライズメイドが死んでも、湖滝ちゃんなら披露宴を敢行するでしょう。その場合、わたしの頭蓋骨《ずがいこつ》をマリッジリングにしてもらうわ」

「怖過ぎるでしょう。ちなみに、青年実業家のベストマンは経営センスのない不良青年ですか？」

「いえ、二重の意味で流しの不良青年は、披露宴料理の仕切りで忙しいの。自社制作のCMで社長みずからヴォイスオーバーを務めた、自己顕示欲の激しい青年実業家のベストマンもわたし」

親が勝手に決めた婚約者同士がすったもんだの末にゴールインするまで、ずいぶん振り回されたものだし——湖滝ちゃんの家の没落問題を先輩くんのコンサルタントで解決させたあと、一回、正式に婚約を解消している——てっきり、育ったので別れたのだと思っていたが——、婚姻同意年齢をねじ曲げるのにも協力したのだから、そのくらいの特例は認めていただかないと……。

「教えてもらったスピーチ力で、本人達よりも先に親への感謝を読み上げようと企《たくら》んでいるわ」

「ほら。今でもしっかり仲良しじゃないですか」

「腐れ縁よ。美しくないわ。解散の時期を見誤ったせいで、ずるずる関係性が続いちゃった」

有終の美は飾れなかった。

あれば飾れた——終わりがなかった。

リーダーが約束してくれていたお別れ会も、延び延びになった末に開けなかったし……、だからこそ、踊さんのような『卒業』を、わたし達はし損ねたのだ。最終回と謳えなかった。第一部完とも。

ドラマチックな別れを回避した。

よかったのか、悪かったのか。

ある意味、胎教委員会以上のしぶとさを発揮したと言える。名を捨て実を取った彼らに対し、わたし達は美を取った——有終ではない、終わりなき美を。青年実業家は、将来的には政界入りを目指しているそうなので、第十あたりの教育委員会は、彼によって乗っ取られるのかもしれない。

そのときこそ、わたし達は胸を張って勝ったと言えるのか……。

しかし、二十代になっても、まだ『将来』を語れるなんて、これこそ中学生だった頃には、想像もしていなかった——まあ、自身が実際に二十代になってみれば、二十代くらいで何が大人だという感じでもある……、アストロノートになったことも、船長になったことも、わたしにとって、決して人生の終着点ではない。

これで終わりじゃない。

今でもわたし達は、ぜんぜん男子女子だ。大人女子とさえ言えない。

めまぐるしくハイスピードで変化した世の中に対して、わたし達は、そんなには変われなかったわけである。

つまりはリーダーの言った通りか。

「と言っても、そんなちょくちょく会ってるわけじゃないし。特に、欧州に軸足を置いて活躍中の生足くんとは」

「海外？　スポーツ留学か何かでしたっけ？」

「違う違う。それは生足くんが高校生の頃のお話。彼は大学時代に、アスリートからモデルに転身したから」

まさか二十歳を過ぎてもショートパンツを穿き続ける宣言がそんなありふれない形で達成されようとは……、不良くんだの先輩くんだの、旧友を昔のニックネームで呼ぶ直らない癖は、互いに気恥ずかしかったりするのだけれど、わたしと違ってまっとうに、完全に自力で夢を叶えたと言える彼のことだけは、臆《おく》せず生足くんと呼べる。

むしろ本名を忘れた。

「披露宴にだけは、その美脚で駆けつけるつもりらしいけれどね。湿原くんも、悪さをしないと誓えるなら、わたしに同伴させてあげてもいいわよ」

「光栄です。誓うだけでいいなら、いくらでも言《げん》を折りますとも。瞳島船長、あなたは十分、清濁併せ呑んでいますよ——かつて自分を轢き殺そうとした男を、こうして秘書に雇っている時点で」

「なんのこと？　それこそ忘れたわよ、あなたの昔の名前なんて。湿原君子郎《くんしろう》くん、わたしの師匠はロリコンよ？　人を許すことには慣れてる」

長縄さんとは席を離すけどね。

そこまで許したわけじゃないので。

「大航海時代のように、命がけの旅の連れには、ならず者を選んだだけのことだし——自分を殺そうとする人間をそばに置いておいたほうが、わたしの感性が研ぎ澄まされるってのもあるかな」

「武術の達人みたいなことを言っていますね」

「それより仕事をさせて頂戴《ちょうだい》、宇宙秘書くん。そもそもあなた、用があって、わたしを探していたんじゃないの？」

「ああ、はい。それです。最初の命がけである長距離星間移動の前に、あなたの出身校の子供達と、最後の通信を。おっと、最後のと言っても、人生最後のという意味ではありません」

「おっとじゃないよ」

「今回はテレビ通信ですので、無重力でぷかぷか浮いているところを見せてあげてください。美術部がそれを絵に描きたいそうです」

「学校であれだけ浮いていたわたしが、また浮く姿を晒そうとはね……、都落ちどころか、酷《ひど》い凱旋もあったもんだ。凱旋門というハードルを跳び越えている」

でも、最近復活した指輪学園の美術部が、その通信に参加するということは、理事長ではなく、いち教師として指輪学園に残った天才児くんとも、少しは話せるのかな？ そうか、だったら話したいことがあったんだ――彼がとんでもなく無口だった中学時代を思えば、通信ができるだなんて、それだけで隔世の感がある。彼の多弁化はわたしが失明したお陰だ、なんて手柄を誇示することは固辞しておくが……、しっかし、テレビ通信ねえ。

もうまるで憧れの職業じゃない宇宙飛行士にも、そのくらいのニーズはあるわけだ……、過去の風習に囚《とら》われているだけ、とも言えそう。

儀式的だ。

「ま、わたしに変な憧憬《どうけい》を抱いて、自ら両目をくりぬく子供達が続出しないように、せいぜいダサい浮遊をお見せしますか。麻酔を染み込ませた眼帯なんて、グッズ化されちゃたまったもんじゃないしね」

「あ、瞳島船長」

窓から離れ、通信室に向かおうとしたわたしを、湿原くんが引き留めた――あれ？ こっちじゃなかったっけ？　この宇宙船、定期的に上下が入れ替わるから、視力の有無とは関係なしに、たまに迷子になるんだよね……。

「いえ、方向はあってますよ。俺よりぜんぜん迷子になってないほうです。ただ、通信の前に、一応、想定問答集を。受け答えに失言があってはいけませんので。バッシングの嵐《あらし》が吹き荒れます」

「十年以上経ってもそういうところは変わらないんだ、人類は……、しかし、あなたが言いますかね」

「俺を湿原と名付けたのはあなたでしょうに。母校の可愛い子供達からいろんなお便りが寄せられていますよ。たとえばこんなの。『瞳島船長、初めまして。どうして宇宙飛行士になったんですか？』」

「あなたも運良く就活で千二百社連続選考に落ちたら、諦めていた昔からの夢を追おうって気になりますよ」

「子供の幻想を潰さないでください。『昔からの夢でした』だけで結構です」

「でも、一度断念したことに触れておいたほうが……、子供に嘘はつきたくない」

「自分をいい風に見せるすべを身につけたはずでしょう。第二問。『瞳島船長、湿原副官、初めまして』」

「なんであなたも知られてるのよ。副官に任命した覚えはない」

「『今、クラスにとても素敵な男の子がいるんですけれど、告白したほうがいいですか？』」

「知らん。ラジオ番組か。２０３０年も根強く続くＡＭラジオか。バニーガールの衣装で迫れ」

「子供の相手、ぜんぜん向いてないですね。本当に美少年探偵団の一員でしたか？　無重力じゃなくても、未《いま》だ浮いています。前世紀だったら、絶対に宇宙飛行士になれていませんね――第三問。『宇宙船の側面に描いてある裸の女性は、十代の頃の船長がモデルだという噂は本当ですか？』」

「お宅らのところの美術教師がわたしの発注を無視して描きやがったんだけど、宇宙に一億回行けるくらいの価値があるから消せないんだよ。万が一遭遇するかもしれないエイリアンにも、遺憾なく伝わる地球の文化として、力作をお願いしたはずなのに。そのことをずっと話し合いたいと思っていた。地球人をどう思わせたいのよ」

「『中学生だった頃の』」

大人げなくも大人びたわたしの応対にうんざりした風に、しかし湿原くんはくじけず、次のお便りを読み上げる――彼のほうこそ、よくもわたしに、ここまで付き合ってくれるものだ。

「『中学生だった頃の、最高の思い出はなんですか?』」

「それは——」

よかった。

ようやく現れた、受け答えのセンスが欠如したわたしでも、ちゃんと答えられる質問だった——子供に嘘をつかずに済む。夢と違って、そちらは諦めたことがない。なにせ暗黒星を求める死出の旅を目前に、ちょうど走馬灯のように回想していたところだし、己をいい風に見せるという肩の凝《こ》る虚飾も、だったら不要である。

今も輝き続けるその思い出なら、美化するまでもないもの。

41　エピローグ2、あるいは『美少年探偵団2』

「『リーダーは現在、どうしてるんですか？』」
「さあね。あの小五郎なら、今夜もどこかの中学校に忍び込んで、わたしみたいな奴を導くために、明るく輝いてるんじゃない？　美しく、少年のように、探偵をしながら」

（美少年蜥蜴《とかげ》【影編】）

（終）

あとがき

　作中で美作美作が明確に、声を大にして否定している『若さゆえの特権』みたいなものが、しかし実在するとしたら、それは『何事にも全力を出せること』だと思います――人間、年輪を重ねるにつれ、どうしても『目の前の出来事に全力で挑む』ことが難しくなって来るようです。たぶん理由はいくつかあって、まずは『今日全力を出すと、明日と明後日、ぶっ倒れて動けなくなる』という計算が先に立つから。自分の体力が無限でないことを知っているがゆえに、セーブする――全力を出さなくても、八割の力でやり遂げられるとか、経験を積んだからこその世間知もあるでしょう。単純な『全力』の低下というのも……、『もったいない』から、ここぞというときのために余力を残しておかねばという用心深さも、『大人』だから、全力を出している姿を見られるのが恥ずかしいという羞恥心も、ひょっとしたらあるのかもしれません。そんな『大人』に対して瞳島眉美が取った行動は、本人も認めているよう確かに愚行でもあったし、最悪の場合美しくさえないのでしょうけれど、全力だったこともまた、間違いないのだと思います――間違いだったとしても、間違いない。全力を出せるのは、一緒に全力を出してくれる仲間がいてくれたからこそっていうのも、きっとあるんでしょうね。

というわけで美少年探偵団の最終巻です。なんだかんだで一大叙事詩になってしまったシリーズなので、ここで多くを語るのは野暮になるでしょうけれど、出し惜しみのない十一冊になったと自負していることだけは記しておきたいと思います。全力を出し過ぎたせいでアニメ化前に完結させてしまったことが若干心残りではありますが……、それくらい計算できただろ！　全力で何とかします……、そんな感じで『美少年探偵団　きみだけに光かがやく暗黒星』『ぺてん師と空気男と美少年』『屋根裏の美少年』『押絵と旅する美少年』『パノラマ島美談』『D坂の美少年』『美少年椅子』『緑衣の美少年』『美少年M』『美少年蜥蜴【光編】』『美少年蜥蜴【影編】』でした。

最終巻の表紙が倒錯的にならないか、眉美さんが気にかけていましたけれど、とんだ杞憂でしたね。十一冊並べて鑑賞したくなる絵を描き続けてくださったキナコさんに感謝します。ありがとうございました。それでは、またどこかで。

西尾維新

本書は書き下ろしです。

〈著者紹介〉

西尾維新（にしお・いしん）
1981年生まれ。2002年に『クビキリサイクル』で第23回メフィスト賞を受賞し、デビュー。同作に始まる「戯言シリーズ」、初のアニメ化作品となった『化物語』に始まる〈物語〉シリーズ、『掟上今日子の備忘録』に始まる「忘却探偵シリーズ」など、著書多数。

美《び》少《しょう》年《ねん》蜥蜴《とかげ》　【影《かげ》編《へん》】

2019年12月18日　第1刷発行
2025年 6 月18日　第4刷発行

定価はカバーに表示してあります

著者……………………………西《にし》尾《お》維《い》新《しん》
©NISIOISIN 2019, Printed in Japan
発行者……………………………篠木和久
発行所……………………………株式会社 講談社
〒112-8001 東京都文京区音羽2-12-21
編集03-5395-3510
販売03-5395-5817
業務03-5395-3615

本文データ制作…………講談社デジタル製作
印刷……………………………株式会社ＫＰＳプロダクツ
製本……………………………株式会社国宝社
カバー印刷……………………株式会社新藤慶昌堂
装丁フォーマット………ムシカゴグラフィクス
本文フォーマット………next door design

落丁本・乱丁本は購入書店名を明記のうえ、小社業務あてにお送りください。送料小社負担にてお取り替えいたします。なお、この本についてのお問い合わせは講談社文庫あてにお願いいたします。本書のコピー、スキャン、デジタル化等の無断複製は著作権法上での例外を除き禁じられています。本書を代行業者等の第三者に依頼してスキャンやデジタル化することはたとえ個人や家庭内の利用でも著作権法違反です。

ISBN978-4-06-518009-9　N.D.C.913　172p　15cm

新時代エンタテインメント

NISIOISIN 西尾維新

マン仮説

定価：本体1500円（税別）単行本　講談社

著作100冊目！ 天衣無縫の
家族全員
「名探偵」。
Illustration/米山 舞
ヴェールド

講談社タイガ

《 最新刊 》

妖声《ようせい》
警視庁異能処理班ミカヅチ

内藤 了

警視庁の秘された部署・異能処理班の調査で発覚した怪異「#呼ぶ声」。
その声は、刑事・極意のものとよく似ていた。大人気ホラーミステリ！

新情報続々更新中！

〈講談社タイガ HP〉
http://taiga.kodansha.co.jp
〈X〉
@kodansha_taiga